공포의 헬멧

THE HELMET OF HORROR
by Victor Pelevin

Copyright ⓒ 2006 by Canongate Books Ltd.
Korean Translation Copyright ⓒ 2006 by Munhakdongne Publishing Corp.

This Korean edition is published by arrangement with
Canongate, Inc. through Shinwon Agency.
All Rights Reserved.

Series art direction and design ⓒ Pentagram
Cover illustration: Sara Fanelli
All Rights Reserved.

이 책의 한국어판 저작권은 신원 에이전시를 통해
Canongate 출판사와 독점 계약한 (주)문학동네에 있습니다.
저작권법에 의해 한국 내에서 보호를 받는 저작물이므로
무단 전재 및 무단 복제를 금합니다.

이 도서의 국립중앙도서관 출판시도서목록(CIP)은
e-CIP홈페이지(http://www.nl.go.kr/cip.php)에서 이용할 수 있습니다.
(CIP제어번호 : CIP 2006001452)

공포의 헬멧

테세우스와 미노타우로스

빅토르 펠레빈 장편소설 | 송은주 옮김

THE HELMET OF HORROR

VICTOR PELEVIN

문학동네

차례

신화에 관한 잡설

그 책과 미궁이 하나이며 같은 것인 줄 아무도 깨닫지 못했다……
보르헤스,「끝없이 두 갈래로 갈라지는 길들이 있는 정원」

어떤 정의에 따르면, 신화는 일반적으로 자연 현상이
나 사회 현상을 설명하는 전통적인 이야기이다. 또다른
정의에 따르면, 신화는 널리 받아들여지지만 거짓된 믿
음이나 관념이다. 신화에 대한 이러한 의미의 이중성에
서 드러나는 사실이 있다. 우리는 과거부터 내려온 이야
기나 해석을 당연히 진실이 아닌 것이나, 그렇게까지는
아니더라도 적어도 의심의 눈초리로 살펴야 하는 것으
로 받아들인다는 점이다. 이러한 태도는 지적 저널리즘
분야에 새로운 일자리를 만들어줄 뿐 아니라 우리의 삶
에 어떤 의미를 부여한다. 과거는 오류투성이의 수렁이
며, 우리는 진실을 찾아내기 위해 여기 있는 것이다. 우

리가 이 사실을 더 잘 알고 있다.

　신화로부터 멀어져 온 길을 '진보'라 부른다. 진보는 과학과 기술의 발전이나 정치적인 발전에 그치지 않는다. 진보에는 F. 스콧 피츠제럴드가 『위대한 개츠비』에서 멋지게 표현한 영적인 요소가 있다.

　개츠비는 해가 거듭될수록 우리들 앞에서 뒤로 물러가고 있는 그 녹색 불빛을, 그 격정의 미래를 굳게 믿었던 것이다. 그때 그것은 우리를 피해 갔지만 문제될 것은 없다. 내일 우리는 더 빨리 달릴 것이고 더 길게 팔을 내뻗을 것이다. 그리고 어느 화창한 아침에……

　그래서 우리는 물살을 거슬러 끊임없이 과거로 떠밀려가면서도 계속 앞으로 나아가는 것이다.

　다시 말해, 진보는 우리가 방금 전 머물러 있던 지점에서 끊임없이 스스로를 떠밀어내야 하는 추진 기술이다. 하지만 그렇다고 해서 우리가 지금 신화 없이 살고 있다는 의미는 아니다. 단지 비누거품처럼 덧없는 내용으로 이루어진 인스턴트 신화와 함께 살아간다는 뜻일 뿐이다. 그런 신화들은 너무나 비현실적이어서 굳이 거짓이라고 말할 필요도 없을 정도이다. 뭐든지, 심지어 디스커버리 채널의 〈미스버스터〉* 프로그램도 십오 분 동안 우리의 신화가 될 수 있다.

전통 종교의례에서도 흔히 그렇지만, 진보에 대한 이러한 사고방식의 기저에 깔려 있는 것은 믿음이 아니라 믿음의 부재이다. 그러나 우습게도 진보의 개념이 너무나 오랜 세월 구석구석 퍼진 탓에, 이제는 그것이 신화의 모든 속성을 다 갖추게 되었다. 진보는 모든 자연 현상과 사회 현상을 설명하는 척하는 전통적인 이야기이다. 또한 널리 퍼져 있으되 거짓된 믿음이기도 하다.

진보는 우리를 이 발광(發光) 스크린이 있는 각양각색의 밀실로 데려왔다. 그러나 우리가 이 고성능의 발광을 내용과 구조 면에서 분석하기 시작한다면, 머지않아 여행의 출발점인 최초의 신화를 찾아내게 될 것이다. 그 신화는 새로운 형식이 필요할지도 모르지만, 본질은 변하지 않았다. 우리가 끊임없이 과거로 회귀하는가 아니면

---

* Mythbuster. 항간에 떠도는 전설이나 속설, 소문을 기계장치와 과학 이론을 동원하여 진실 여부를 살펴보는 프로그램.

무자비하게 미래로 떠밀려가는가를 놓고 논쟁을 하기도 한다. 하지만 사실 우리는 그 어느 쪽으로도 전혀 움직이지 않았다.

이러한 인식조차 이제는 케케묵은 이야기가 되었다. 아주 오래전 호르헤 루이스 보르헤스는 끝없이 되풀이되는 이야기는 딱 네 가지밖에 없다고 썼다. 도시 포위 공격, 고향으로의 귀환, 모험 여행, 신의 (자기) 희생이 그것이다. 여기서 주목할 사실은 똑같은 이야기라도 보는 사람에 따라 다른 범주로 분류될 수 있다는 점이다. 테세우스에게는 모험·귀환인 것이 미노타우로스에게는 야만적인 신의 희생이다. 보르헤스가 일컬었던 '네 가지 주기(週期)'보다 더 많은 것이 있을 수도 있다. 그러나 그 수는 한정되어 있으며, 모두 알려진 것들이다. 새로운 것을 꾸며내는 일은 없을 것이다. 어째서인가?

바로 이 지점에서 신화의 세번째 정의라 할 수 있는 것에 도달하게 된다. 정신이 컴퓨터와 같다면, 신화는 그 컴퓨터의 셸 프로그램이라 할 수 있다. 즉 신화는 세계의 정보를 처리할 때 따르는 일련의 규칙들, 복잡한 사건에 의미를 부여하기 위해 고안해낸 정신적 매트릭스이다. 컴퓨터 프로그래밍을 하는 사람들은 코드를 쓰려면 젊어져야 한다고 말한다. 문화적 코드에도 똑같은 규칙이 적용되는 것 같다. 우리의 프로그램은 인류가 젊었을 때 씌어졌다. 그 시기는 한없이 멀고 아득해서 이제 우리는 그 프로그래밍 언어를 더이상 이해할 수 없게 되었다. 설상가상으로 그것을 너무나 다른 방식과 다른 층위에서 이해한 나머지 '그것이 무엇을 뜻하는가'라는 질문이 아예 의미를 잃어버린 지경에 이르렀다.

왜 미노타우로스는 황소 머리를 가졌을까? 그는 무엇을 어떻게 생각할까? 그의 정신은 육체의 기능일까 아니면 육체가 그의 마음속에 있는 이미지일까? 테세우스는 미궁 속에 있을까? 아니면 미궁이 테세우스 속에 있는 것일까? 양쪽 다인가? 둘 다 아닌가?

각각의 대답에 따라 당신은 다른 복도로 들어서게 된다. 진실을 안다고 주장했던 많은 사람들이 있었다. 그러나 지금까지 아무도 미궁에서 돌아오지 못했다. 즐거운 산책이 되시기를. 그리고 행여 미노타우로스와 마주치게 된다면, 절대 '무우우' 하고 울지 말기를. 극심한 모욕으로 받아들일 테니.

표준시간 BC xxx xxx 오후 xxx시 아리아드네가 시작

나는 나를 찾아내려는 모든 사람과 함께 나 자신마저 잃어버릴
수 있는 미궁을 만들 것이다—누가 이렇게 말했고, 이것은 무엇
을 의미하는가?

:-)

오가니즘(Organism)(-:
이봐! 거기 누구 없어……?

로미오-이-코히바(Romeo-y-Cohiba)

여기 있어.

오가니즘(–:

여기서 뭐 하고 있어?

로미오-이-코히바

어리둥절하긴 나도 마찬가지야.

오가니즘(–:

아리아드네, 거기 있어?

로미오-이-코히바

아리아드네가 누군데?

오가니즘(–:

이 스레드*를 처음 시작한 사람. 이건 얼핏 보면 인터넷 같지만 인터넷이 아닌가봐. 여기에서는 다른 곳으로 접

---

* thread. 인터넷의 뉴스 그룹이나 토론장에서 초기에 올려진 메시지에 대한 일련의 응답을 뜻한다.

속할 수가 없어.

로미오-아-코히바

xxx

오가니즘(-:

여보세요! 이 글을 읽는 분은 누구든 대답해주세요.

너츠크래커(Nutscracker)

나 읽었어.

오가니즘(-:

첫번째 메시지는 누가 띄웠어?

너츠크래커

한참 전부터 있던데.

로미오-아-코히바

그걸 어떻게 알아? 날짜도 없는데.

너츠크래커

세 시간 전에 봤거든.

오가니즘(-:

자, 자, 주목! 점호 한번 해보자. 여기 있는 사람이 너츠
크래커, 로미오, 나, 맞나?

로미오-아-코히바

맞아.

너츠크래커

참여하고 싶어하는 사람은 그렇지.

로미오-아-코히바

좋아, 그러면 여기에 우리 셋이군.

너츠크래커

그런데 대체 여기가 어디야?

오가니즘(-:

무슨 말이야?

너츠크래커

말 그대로야. 지금 네가 있는 곳을 설명해줄래? 방이야, 강당이야, 집이야? 아님 누군가의 xxx 구멍 속?

로미오-이-코히바

흠, 난 방에 있어. 아니 밀실이랄까. 어느 쪽이 맞는지는 모르겠지만. 별로 크지는 않아. 벽은 초록색이고 흰색 등이 천장에 달려 있어. 한쪽 벽에는 침대가 있고 반대쪽 벽에는 책상이 있는데, 그 책상에 있는 키보드로 지금 치고 있어. 키보드는 책상에 단단히 붙어 있어. 책상 위쪽 벽에 LCD 스크린이 설치되어 있고, 그 스크린에 글씨가 떠. 스크린 앞에 있는 유리는 깰 수가 없어. 벌써 시도해봤지. 방에는 문이 두 개 있어. 하나는 어두운 녹색의 이상한 금속 문인데, 잠겨 있어. 가운데에 돋을새김한 부분이 있어. 다른 문은 흰색 페인트칠을 한 나무 문인데 욕실로 통해. 그 문은 열려 있어.

오가니즘(-:

내 방도 로미오 방이랑 똑같아. 부조가 붙은 금속 문이
있는데 잠겼어. 욕실에는 호텔식으로 거울 아래 선반에
비누랑 샤워 젤, 샴푸가 있어. 모든 물건의 포장에는 작
은 톱니바퀴 같은 이상한 문양이 있어. 너츠크래커, 네
방은 어때?

너츠크래커

똑같아. 문은 청동을 주조해서 만든 것 같은데. 하지만
비누에 찍힌 문양은 톱니바퀴라기보다는 별 모양에 더
가까워. 책에서 주석을 표시할 때 쓰는 기호같이 생겼어.
화장실 휴지에도 한 장 한 장 다 이 표시가 찍혀 있어.

로미오-아-코히바

그렇다면 우리는 모두 같은 호텔에 있군. 벽을 두드려보
자. 무슨 소리 들려?

오가니즘(-:

아니.

너츠크래커

나도 안 들려.

오가니즘(-:

문을 두드려볼게, 잘 들어봐.

로미오-아-코히바

아무 소리도 안 들려.

오가니즘(-:

우리가 여기에 어떻게 온 걸까?

로미오-아-코히바

난 전혀 짚이는 것이 없어. 넌 어때, 오가니즘?

오가니즘(-:

깨어나보니 이 여자옷 같은 실내복 하나만 입고 그 밑에
는 아무것도 걸치지 않은 채 여기에 있더라고.

너츠크래커

그건 실내복이 아니야. 키톤이라고, 고대 그리스인들이 입던 튜닉 비슷한 거야. 그러니까 네 말이 맞을 거야. 그리스인들도 그 밑에 속옷을 입지 않았을 테니.

로미오-아-코히바

방이 따뜻해서 다행이군.

오가니즘(-:

그러면 너츠크래커, 넌 여기 어떻게 오게 됐는지 기억해?

너츠크래커

아니, 기억 안 나.

로미오-아-코히바

왜 너희 둘은 오가니즘이니, 너츠크래커니, 그렇게 이상 야릇한 이름을 쓰고 있어?

너츠크래커

글쎄, 그러는 네 이름은 왜 그 모양인데, 로미오? 코히바*
는 진짜 허풍이 좀 심하잖아?

로미오-아-코히바

누구 이름에 견주느냐에 따라 다르겠지. 어쨌거나 내가
지은 이름은 아니야. 메시지를 띄울 때마다 스크린에 나
타날 뿐이지. 난 로미오가 아니라 xxx야. 궁금하다면 말
해주겠는데, 전문 xxx라고.

오가니즘(-:

포르노 말인가? 사회적으로 의미 있는 직업이지. 로미
오, 우린 동료나 다름없군. 나도 xxx거든. xxx.com에서
일했던 적이 있어. 지금은 잠시 쉬고 있지. 하지만 너야
그다지 위험할 것 없어.

로미오-아-코히바

포르노 업계가 어쩌다 이렇게 난장판이 되었지? 이 x는

---

* 쿠바산 최고급 시가 상표.

또 뭐야?

너츠크래커

x가 뜬 게 처음이 아니야. 검열이야. 누군가가 우리 대화를 감시하고 있어. 우리의 진짜 정체에 대해서 정보를 교환하려 하면 싫어해. 욕설을 쓰는 것도.

로미오-이-코히바

이봐, 당신. 당신이 누구건 간에 말이야! 지금 당장 가족한테 연락하게 해달라고! xxx 대사관에도!

너츠크래커

왜 여기에 xxx 대사관이 있다고 생각해?

로미오-이-코히바

xxx 대사관은 어디에나 있거든.

너츠크래커

진짜 그렇게 생각해? 우리가 xxx에 있다면 어쩔 테야?

오가니즘(-:

너희들은 말 안 해도 서로 통하는 모양이군. 하지만 난 xxx 대사관이 뭔지, 또 xxx 대사관이 거기 없다면 xxx가 어디에 있다는 건지 통 모르겠는걸. 또 너희들이 무엇 때문에 xxx를 찾는지도 모르겠고.

몬스트라다무스(Monstradamus)

저기, 나도 좀 끼어도 될까?

오가니즘(-:

넌 누구야? 몬스트라다무스?

몬스트라다무스

xxx. xxx에 사는 xxx야.

로미오-이-코히바

조금 더 참신하게 해볼 수는 없어?

몬스트라다무스

이 스레드에 연결된 메시지 다 읽었어. 나도 같은 방, 같은 상황이고, 마찬가지로 어리둥절한 상태로 깨어났어. 여기에 어떻게 왔는지 나 역시 전혀 기억이 안 나.

너츠크래커

그러면 이제 우린 넷이군. 멋진데.

오가니즘(-:

멋지긴 뭐가 멋져?

너츠크래커

곧 더 많은 사실이 밝혀질 테니까. 여럿이 머리를 맞댈수록 비밀을 밝혀내기도 더 쉬워지겠지.

오가니즘(-:

우리가 죽은 거라면?

너츠크래커

겁주지 마! 죽은 사람들이 채팅방에 어슬렁거릴 리가 없잖아.

오가니즘(-:

확실히는 모르잖아. 어쩌면 죽은 사람들이 할 수 있는 일이 그것뿐일지도 모르지.

로미오-아-코히바

이게 사후세계라면 실망인데.

너츠크래커

우리 상황을 좀 얘기해보자. 일단 사후세계일지도 모른다는 오가니즘의 가정은 고려 대상에서 제외시키는 것이 좋겠어.

오가니즘(-:

그럼, 꿈은 아닐까?

로미오-아-코히바

네 팔뚝을 꼬집어봐. 깨어날지도 모르잖아. 난 벌써 해봤는데, 안 먹히더군.

너츠크래커

좋아, 모두 방에 청동 문이 있단 말이지. 그 문의 디자인을 한번 자세히 살펴보자. 위쪽과 아래쪽 테두리는 안쪽으로 구부러지고, 양 옆선은 바깥쪽으로 구부러진 직사각형 형태야.

오가니즘(-:

박쥐 같아. 아니면 배트맨 마크.

로미오-아-코히바

내 것은 양날 도끼 같은데.

오가니즘(-:

별 의미 없는 단순한 장식일 수도 있지. 하지만 로미오가 도끼처럼 생겼다고 하니까 내 것도 그렇게 보이는걸. 저런 도끼 문양을 파시스트들이 썼던가, 아니면 고대 로마인들이 썼나?

몬스트라다무스

그게 도끼라면 로마보다 훨씬 더 오래된 거야. 크레타와 고대 이집트에서도 저런 도끼를 사용했거든.

오가니즘(-:

몬스트라다무스, 너 역사가야?

몬스트라다무스

아니, xxx야.

오가니즘(-:

참, 그랬지. 깜박했군.

아리아드네(Ariadne)

안녕. 나 혼자가 아니라서 다행이네.

오가니즘(-:

안녕.

로미오-이-코히바

남자들이 있는 곳에는 으레 여자들이 있어야지. 지금 막
내 벽에 희한한 무지개 빛이 나타났어.

몬스트라다무스

그거 묘하군, 내 벽에도 보이는데. 아니면 내 상상인가.

너츠크래커

아리아드네? 네가 이 스레드를 시작했니?

아리아드네

응. 하지만 아무도 대답이 없어서 잠이 들었지.

몬스트라다무스

그러면 왜 미궁에 대해 이런 글귀를 써놓았지?

아리아드네

그 말을 어디에서 보았는지 기억해내려고 애썼지만 기억이 안 났어. 아주 중요한 말이라는 느낌이 들었거든.

몬스트라다무스

넌 누구야? 도대체 여기에는 어떻게 왔지?

아리아드네

나도 너희들과 똑같은 상황이야.

오가니즘(-:

그렇다면, 우린 이미 너에 대해서 알 건 다 아는 셈이군.
본명은 xxx고, xxx 살에, xxx 출신이겠지.

아리아드네

난 여기에서 무슨 일이 벌어지고 있는지 알아.

너츠크래커

어떻게?

아리아드네

꿈에서 다 봤어.

로미오-아-코히바

믿을 만한 정보라고 보기는 어렵겠는데.

몬스트라다무스

그래도 한번 들어나보지. 얘기해줘.

아리아드네

옛 도시를 봤어. 진짜 고대 도시 말이야. 지은 지 수천 년은 족히 되어 보이는 그런 도시였어. 정말 아름다웠어. 길은 큼직하고 평평한 돌로 포장되었고, 연분홍 꽃이 핀 덩굴식물이 살아 있는 커튼처럼 돌담을 휘감고 있었어. 건물의 문과 창은 전부 잠겨 있었지만, 내내 누군가가 날 지켜보고 있다는 느낌을 떨칠 수 없었어. 꽤 오랫동안 거리를 이리저리 배회했지만 아무도 만나지 못했어. 그러다가 교차로에서 회색 누더기를 걸치고 둥그런 모양의 이상야릇한 챙 넓은 모자를 쓴 난쟁이 한 명을 보았어. 내가 그에게 눈길을 던질 때마다, 그는 마치 등에 내 시선을 느낀 듯이 즉시 길모퉁이에서 나를 힐끗 쏘아보았어. 그런 일이 여러 차례 거듭되었지. 곧 그가 나를 피해 숨는 것이 아니라, 나를 따라 움직이고 있어서 몇 초씩 그의 모습이 보이지 않게 된다는 사실을 알아차렸어. 어떻게 알았는지는 묻지 말아줘. 꿈에서는 매사에 나름의 논리가 있잖아. 나는 난쟁이를 더 잘 보려고 움직이는 속

30

도를 조절해보았지. 넓고 쭉 뻗은 대로로 나간다면 그를 좀더 오래 내 시야에 잡아둘 수 있었을 거야. 하지만 거리는 대부분 좁고 구불구불하고 이리저리 뒤엉켜서 진짜 미로 같았어. 난 난쟁이가 두 명이라는 것을 깨달았어. 하지만 두번째 난쟁이는 첫번째 난쟁이와 헛갈리기 딱 좋았어. 낡아빠진 누더기를 똑같은 식으로 걸쳤고, 다른 점이 있다면 모자챙이 한쪽으로 구부러져 있다는 것뿐이었으니까. 점차 그들 말고도 또 누군가가 있다는 확신이 생겼지만, 아무리 애를 써도 세번째 사람은 볼 수가 없었어. 가끔씩 길모퉁이에서 그의 어두운 망토 끝자락만 슬쩍 보일 따름이었지. 중심가로 가는 길을 찾아야겠다고 생각했어. 길고 넓은 길에서라면 그들을 모두 볼 수 있을 테니까…

로미오-아-코히바
우리가 무엇 때문에 이런 얘기를 구구절절 다 듣고 있는 거지?

몬스트라다무스
제발 좀 끼어들지 마. 그다음에는 어떻게 됐어, 아리아드네?

아리아드네

그런 다음 중심가 쪽으로 갔어. 길 중앙을 따라 화분에 심은 야자수가 길게 줄지어 놓여 있었어. 놀랍게도 가을이라 노란 낙엽이 사방에 깔려 있었어. 게다가 야자수도 있고.

너츠크래커

분홍 꽃으로 시작했잖아. 그런데 난데없이 노란 잎이 깔린 가을이라니.

아리아드네

그래, 난쟁이를 따라가는 사이 가을이 된 거야. 내 기분을 망쳐서 자기를 쫓아오지 못하게 하려고 일부러 그랬나봐. 중심가에는 아무도 없었어. 분수가 있는 큰 광장으로 갔지. 분수 안에는 청동상이 서 있었어. 청동상들은 스타일로 보아 도시만큼이나 오래된 것 같았어. 하지만 동상이 표현한 것은 일본 만화 영화에 나오는 십대들같이 보였어. 벌거벗은 채 촉수나 뱀에 휘감겨 질식해가는

애들 말이야⋯

너츠크래커
일본 만화가 왜 나와?

이졸다(IsoldA)
망가 얘기를 하는 거야. 어린 소녀들이 촉수가 달린 악마
들한테 강간당하는 거 말이야. 일본 포르노에 곧잘 나오
는 주제지.

몬스트라다무스
2차 세계대전에서 패배한 결과로 생긴 좌절감이 억압된
채 무의식에 남아 있다 표현된 거지. 만화에서 강간당하
는 여학생은 일본의 국민정신을 상징하고, 남근 모양의
촉수가 무수히 돋은 괴물은 근대 서구식 기업 경제를 상
징하는 거야.

너츠크래커
그냥 문어 같은 것일 수도 있잖아?

몬스트라다무스

문어라고? 기발하군. 그런 생각은 안 해봤는데.

오가니즘(-:

이봐, 이졸데는 누구야? 신참인가?

이졸다

응.

로미오-아-코히바

우리의 작은 세상에 온 것을 환영해, 이졸데. 만나게 되어 정말 기뻐.

이졸다

고마워, 로미오.

오가니즘(-:

너 예쁘니?

로미오-이-코히바

그만 해, 오가니즘.

너츠크래커

이졸데, 너도 뭔가 얘깃거리가 있니?

이졸다

아니.

몬스트라다무스

이의 없으면 아리아드네가 얘기를 계속하지.

아리아드네

분수가 있는 곳으로 가면 두 난쟁이를 볼 수 있다는 것을 알았어. 어떻게 알았는지는 묻지 말아줘. 갑자기 깨달은 거니까. 그뿐이야. 그곳에 도착해서 분수를 등지고 벽에 기대었어. 맞은편에는 거대하고 음침한 건물이 있었는데, 지붕 위에 보기 흉한 구조물이 얹혀 있고 열주가 지붕을 떠받치고 있는 건물이었어. 오래전에 홀랑 불타버려서 석조 골격만 덩그러니 남았고, 그후로 수차례 복원

하려는 시도가 있었다는 사실이 머릿속에 떠올랐어. 하지만 아직도 복구 작업을 하고 페인트칠을 하는 등 재난의 흔적을 엿볼 수 있었어. 건물은 생명을 잃고 텅 비어 있었다고 할 수 있지…

로미오-아-코히바

이런 장광설에는 정신의학자들이 한 떼거리는 있어야겠는걸. 아니면 몬스트라다무스한테 물어보든가. 그녀석이라면 이런 얘기를 재깍 알아먹을 테니까. 그가 뭐라고 했었지? 기업 좌절이랬던가?

몬스트라다무스

로미오, 제발 좀더 인내심을 가져봐.

아리아드네

갑자기 난쟁이 한 명이 내 옆에 서 있다는 것을 알아차렸어. 구부러진 모자를 쓴 난쟁이였어. 그가 어떻게 그 자리에 와 있었는지 알 수 없었어. 내 옆에 아주 바짝 붙어 있었지만, 모자 아래 얼굴은 보이지 않았어. 빨간색과 흰색 줄무늬가 있는 끝이 뾰족한 중세풍 신발을 신고 있었던 건 기억나. 그는 고개를 들지 않은 채 말을 시작했는데, 이상하기 짝이 없는 이야기였어. 자기가 모시는 주인님이 내 주변에 보이는 모든 것과 그 밖의 많은 것을 창조한 분이라는 거야. 내가 제대로 이해했다면, 그의 주인님은 인간이 아니었어. 그의 이름은 애스터리스크였어…

몬스트라다무스
제대로 들은 거 맞아?

아리아드네
그럴걸. 난쟁이의 설명에 따르면, 애스터리스크는 광대하고 무한한 능력을 지닌 존재래. 신을 뜻하는 것이냐고 물었더니, 신은 애스터리스크의 심부름꾼에 불과하다는 거야. 어떻게 그럴 수가 있느냐고 물었지. 난쟁이는 굳이 이해하려고 애쓸 필요 없다고 했어. 엄청난 신비라는 말만 몇 번이나 되풀이하더군. 나는 신보다 더 강한 존재라면 무슨 이름으로 불러야 하느냐고 물었어. 그랬더니 아무 이름이나 좋을 대로 써도 된다고 하더군. '애스터리스크'라고 하든 다른 뭐라고 하든 헐렁한 가구 덮개나 마찬가지로 아무런 차이가 없다는 거야. 그가 한 말을 그대로 옮긴 거야…

로미오-이-코히바
별 괴상망측한 소리를 다 듣겠네.

아리아드네
내가 제대로 이해했다면, 애스터리스크는 과거 어느 때
인가 사람들이 그를 죽이려고 했다는 이유로 사람들에
게 화가 나 있어. 아니면 언젠가 그를 죽이려 하기 때문
이던가. 난쟁이의 설명 자체가 당최 하도 복잡해서 대강
만 알아들었어. 그때 이후로, 혹은 그때까지 사람들은 애
스터리스크의 게임에 참여하여 그의 경기장에서 사람들
을 공물로 바쳐야만 한대. 예를 들면 우리처럼…

너츠크래커
흠, 계속해봐.

아리아드네
하지만 난쟁이는 두려워할 필요는 없다고 했어. 애스터
리스크에게 제물로 바쳐질 사람들은 이미 정해졌고, 누

구도 그 경기장에서 죽는 운명을 벗어나지 못하기 때문이래. 그렇다면 희생 공물의 목적이 뭐냐고 물어보려 했지만, 난쟁이는 갑자기 안절부절못하더니 이렇게 말했어. "이봐, 그분이 오고 계셔. 이제 네 눈으로 그분을 보게 될 거야." 나는 위를 올려다보았지. 전소된 건물 앞에 두 형상이 나타났어. 난쟁이 하나가 메릴린치의 상징이 그려진 깃발을 들고 앞에서 엄숙하게 성큼성큼 걸어오더군. 다들 알겠지만 작은 황소가 발랄하게 그려져 있고 "희망을 가집시다!"라는 글귀가 적혀 있잖아. 하지만 그 뒤에 따라오는 형상이 어찌나 무시무시해 보이던지 전혀 웃을 기분이 아니었어. 그를 뭐라고 불러야 할지 모르겠어. 인간 같지 않았어. 덩치가 엄청나게 컸어. 커다란 암녹색 금속 갓이 달린 괴기스럽도록 웃자란 버섯 같다는 생각이 잠깐 들었어. 그를 좀더 자세히 살펴보았지. 그는 땅에 닿을 만큼 길고 헐렁한 겉옷을 입고 있었어. 어두운 색인 데다 그다지 깨끗하지도 않았지만 난쟁이들 것처럼 누더기는 아니었어. 머리에는 청동 헬멧을 썼어. 검투사의 마스크처럼 넓은 테를 붙이고 얼굴이 있어야 할 곳에 구멍을 뚫은 금속판을 붙인 헬멧이었어. 헬멧에는 뿔이 두 개 달려 있었지…

몬스트라다무스

황소의 뿔처럼?

아리아드네

훨씬 더 거대했어. 그리고 옆에 붙어 있지 않고 뒤쪽으로 뻗어 헬멧과 합체되어 한 덩어리를 이루고 있었어. 비유하자면 청동으로 된 오토바이 소음기처럼 생겼다고 할까. 아무튼 헬멧 가장자리를 따라 휘어져 있었어. 헬멧에는 청동으로 된 작은 가지와 관들이 무수히 붙어 있었어. 모두 다른 부분과 연결되어 있어서 전체가 고풍스러운 로켓 엔진처럼 보였어.

너츠크래커

그가 뭔가 말을 했어?

아리아드네

아니, 별로 오래 보지도 못했어. 두 난쟁이가 그를 따라 한답시고 저렇게 이상한 차림새를 했구나 생각한 것이 고작이야. 그의 옆에 있으니 난쟁이들은 개미새끼만큼이나 작아 보였어. 그에게서는 뭔가 그리워하는 듯한 서

글프면서 외로운 느낌이 전해져왔어. 황제에게 추방당한 사람처럼 말이야. 아니면 반대로 사람들을 모조리 추방해버리고 홀로 남은 황제 같기도 하고.

몬스트라다무스
그렇게 꿈이 끝났어?

아리아드네
난 애스터리스크를 다시 보지 못했어. 갑자기 장소가 바뀌어 난쟁이와 나는 좁은 거리에서 낡은 나무 문을 마주하고 있었는데, 황소 머리에 고리 모양의 손잡이가 달려 있었어. 난쟁이가 문고리를 두드리자 문이 열렸어. 안쪽에는 작은 방이 있었는데 우리가 서 있던 곳에서는 어떤 남자가 잠들어 있는 침대밖에 안 보이더군. 콧수염을 기르고 코 옆에 사마귀가 있는 키 큰 남자였지. 난쟁이는 잘못 왔다고 속삭이고는 다른 문으로 나를 이끌고 가서 똑같은 식으로 문을 열었어. 문 뒤의 방은 똑같이 생겼지만 텅 비어 있었어. 난쟁이는 손가락을 치켜들고 이렇게 물었어. "나는 나를 찾아내려는 모든 이와 함께 나 자신마저 잃어버릴 수 있는 미궁을 만들 것이다—누가 이렇게 말했고, 이것은 무엇을 의미하는가?" 나는 그 질문을 놓고 궁리한 끝에 꿈속에서 거의 해답을 알아냈어. 그때 갑자기 그가 나를 안으로 떠밀고는 쾅 소리가 나도록 문을 닫았어.

몬스트라다무스
그다음에는 어떻게 되었어?

아리아드네
확 떠미는 바람에 잠에서 깨어나보니 지금 이 방에 있더군. 그래서 스크린이 있는 책상에 앉아서 그 질문을 쳤어. 잊어버릴까봐. 하지만 아직도 귓가에 생생해.

몬스트라다무스
꿈에서 들어갔던 방과 같은 방이었나?

아리아드네
잘 모르겠어. 크기는 딱 그만 한데.

로미오-이-코히바

그리고 코 옆에 사마귀가 난 남자는 누구였어?

아리아드네

모르겠어. 처음 보는 남자였어.

로미오-이-코히바

좀더 자세히 설명해줄 수 있겠어? 사마귀가 정확히 어디에 나 있는지도?

아리아드네

콧구멍 옆과 뺨 사이에 나 있었어. 말굽 모양으로 콧수염을 길렀고, 머리카락 한 오라기 없는 대머리였어. 몸집은 컸고. 팔을 베개 위에 올렸는데 문신이 있었던 것이 똑똑히 기억나. 닻줄이 휘감고 있는 닻 모양의 문신이었어. 요트 클럽 표시일지도 몰라. 정말이지 케케묵은 구식이었지.

로미오-이-코히바

아, 정말 고맙군.

너츠크래커

누군가는 자기 얘기인 줄 안 것 같군. 안 그래, 로미오?

로미오-아-코히바

구식이라는 소리는 한 번도 들어본 적이 없어. 하지만 팔에 그런 문신을 한 건 사실이야.

너츠크래커

또다른 의견 있는 사람?

오가니즘(-:

모르겠어. 남의 꿈 따위를 놓고 진지하게 토론한단 말이야?

어글리 666(UGLI 666)

내 생각에는…

너츠크래커

새로운 얼굴이로군, 자기 소개 좀 해주시지. 네 생각은 어떤데?

어글리 666

주님께서 우리를 회개시키려고 그녀에게 그런 환영을 보내주신 거야.

로미오-아-코히바

훌륭하군. 이런 데 갇힌 마당에 회개를 해야 하나? 무엇에 대해서?

어글리 666

우리가 갇힌 이유에 대해서.

로미오-아-코히바

우리가 갇힌 이유가 뭔데?

어글리 666

각자 나름대로 이유가 있겠지. 이런 말도 있잖아. "하루를 살고 죽어도 죄짓지 않는 인간은 아무도 없다."

오가니즘(-:

어글리, 넌 남자야 여자야?

어글리 666

어느 쪽이든 무슨 상관이야?

오가니즘(-:

진심으로 하는 말인가?

몬스트라다무스

진심인 것 같은데.

어글리 666

굳이 알고 싶다면 밝히지. 난 여자야. 이름은 xxx고, 직업은 xxx야. xxx 교육을 받았지만 내 소명은 항상 xxx였어. 너희들 얘기는 벌써 다 읽었어. 덧붙일 만한 건 없어. 내가 진심이냐 아니냐에 대해서라면, 언제나 내 생각을 있는 그대로 말한다고 믿어도 좋아.

오가니즘(-:

말해봐, 어글리. 네 이름에 어울리도록 관점을 만들어낸 거야, 아니면 네 관점에 어울리게 이름을 붙인 거야?

어글리 666

내 이름은 내 죄 때문에 그렇게 붙인 거야. 너희들 이름
도 마찬가지이고.

오가니즘(-:

'어글리'가 진짜로 무슨 뜻인지 알고나 하는 소리야? 그
건 네가 생각하는 것처럼 '추한'이라는 단어에서 온 것이
아니야. '논리 도구화를 위한 보편적 게이트(Universal
Gate for Logic Implementation)'의 줄임말이야. 보편
적인 논리 요소를 학교에서 배운 기억이 나. 그러니까 네
가 이름에 어울리는 관점을 택했다면 완전히 잘못 짚은
거라고.

몬스트라다무스

우리는 아리아드네의 꿈 이야기를 하던 중이었어. 그녀
에게만 특별히 그 꿈을 보여준 것 같아. 그 꿈에는 모두
를 위한 정보가 담겨 있어.

로미오-아-코히바

특별히 보여줬다니 무슨 소리야? 이건 영화가 아니야.

그리고 모두를 위한 정보라면, 왜 아리아드네한테만 보여준 거지?

오가니즘(-:

너도 보게 되겠지. 그렇게 서두르지 말라고.

로미오-아-코히바

그 청동 헬멧을 쓴 괴물이 정말로 우리 문 밖을 어슬렁거리고 있다고 생각해?

어글리 666

모든 것을 문자 그대로 받아들일 필요는 없어. 꿈에 나온 문은 황소 머리가 달린 나무 문이었잖아. 하지만 이 방의 문은 청동이고 지옥의 상징이 붙어 있는걸. 꿈은 비유적이야.

이졸다

아리아드네는 꿈속에서 로미오를 보았어. 그녀가 그의 모습을 묘사하자 로미오는 그 남자가 자기라는 것을 알아차렸고. 그건 무슨 은유일까?

로미오-이-코히바

그게 나라고 누가 그래? 일치하는 건 몇 가지 사소한 부분뿐인데.

이졸다

하지만 그 사소한 부분이 어떤 거냔 말이야? 그런 문신이 많을 리는 없잖아. 달러가 그려진 닻이라니.

로미오-이-코히바

이쯤에서 분명히 밝힐게. 팔목 바로 위에 문신이 있는 건 사실이야. 달러에서 석유가 콸콸 솟아나오는 유정(油井)이야. 거꾸로 보면 닻 비슷하게 보이기도 해. 그뿐이야. 아리아드네가 어떤 문신을 보았는지 난 몰라. 그리고 내 요트 클럽 표시는 전혀 달라.

사트릭(Satrik)

xxx, xxx 선원.

너츠크래커

또 새 얼굴이 등장했군. 자기 소개 좀 하시지.

사트릭

난 완전히 xxx야. 삭신이 다 쑤셔.

몬스트라다무스

완전히 고주망태가 됐나, 아니면 뭐야?

사트릭

속이 울렁거려. 여기 맥주 좀 없나?

몬스트라다무스

글쎄. 어제 과음했어?

사트릭

그렇다고 할 수 있지.

너츠크래커

여기에는 어떻게 오게 된 거야?

사트릭

하나도 기억이 안 나.

로미오-아-코히바

저 녀석은 정신 좀 차리게 내버려둬. 그건 그렇고 아리아드네의 꿈을 과학적으로 해석할 수는 없을까? 몬스트라다무스라면 그런 쪽으로 좀 알 것도 같은데.

몬스트라다무스

'과학적으로 해석한다' 니 무슨 뜻이야?

로미오-아-코히바

음, 예를 들자면, 애스터리스크가 키가 크고 커다란 헬멧을 썼다고 했잖아. 그건 발기상태의 남성 성기를 상징하는 거야.

오가니즘(-:

그럼 난쟁이 둘은 불알을 상징하겠네?

너츠크래커

진정해, 로미오. 코히바가 그냥 시가일 때도 있다고.

이졸다

그런 얘기는 좀 따로 할 수 없어?

어글리 666

동감이야.

오가니즘(-:

불행히도 복도로 나갈 수가 없어서 말이야.

로미오-아-코히바

그 질문에 대답하지 않았어, 몬스트라다무스. 꿈을 분석
할 수 있어?

몬스트라다무스

페니스의 상징적 표현이라고 본다면, 너츠크래커가 한
말에 딱히 덧붙일 말은 없어. 하지만 전혀 다른 해석을
따라 몇 가지를 찾아냈어. 관심 있다면 들려주지.

너츠크래커

물론 관심 있고말고.

몬스트라다무스

우선, 이름을 보자고. 그 연원에 대해서 생각해봤어?

어글리 666

지옥에서 온 악마들의 이름이지.

몬스트라다무스

욕실의 비누, 화장지, 그 밖의 모든 비품마다 각주 표시처럼 생긴 작은 별이 찍혀 있어. 그런 별표를 애스터리스크라고 부르지. 아리아드네가 꿈에서 본 인물의 이름이기도 하고. '아스테리오스'하고 흡사하게 들리기도 해.

어글리 666

'아스테리오스'는 뭐야?

몬스트라다무스

라틴어로 '별 모양의'라는 뜻이야. 아스테리오스는 미노스*와 파시파에**의 아들이야. 크레타 출신으로 반은 사

* 크레타 섬의 전설적인 지배자.
** 헬리오스의 딸로, 미노스의 아내가 됨.

람이고 반은 짐승이지. 미노타우로스라는 이름으로 더
잘 알려져 있어.

사트릭

'레미 마르탱' 병에 있는 거 말인가?

오가니즘(-:

아냐, '레미 마르탱'에 있는 괴수는 키클롭스야. 미노타
우로스는 황소 머리를 한 괴물이고.

사트릭

맙소사, 이젠 진짜 구역질이 나네.

몬스트라다무스

이번에는 문에 그려진 양날 도끼를 보자고. 그리스어로
는 '라브로스'라고 부르지. 미노타우로스가 살았던 '미
궁'이라는 단어는 이 말에서 유래했어. 일설에는 그곳이
수많은 회랑과 방이 있는 아름다운 궁전이었다고도 하
고, 영원한 암흑으로 떨어지는 무수한 샛길이 있는 악취
풍기는 동굴이었다고도 해. 같은 장소를 놓고도 다른 문

화권에서 온 사람들이 다른 인상을 받았을 수도 있지.

이졸다

하지만 도끼하고 미궁이 무슨 관계가 있는데?

몬스트라다무스

크레타에서 도끼가 발견되었어. 미궁이 있던 자리에서.
나도 그 이상은 몰라.

어글리 666

미노타우로스가 그런 도끼로 죽임을 당한 건 아닐까?

몬스트라다무스

이름 얘기를 좀더 해볼게. 아스테리오스와 애스터리스
크 말고도 얼마든지 또다른 공통점을 쉽게 찾아낼 수 있
어. 그의 꿈을 꾼 사람은 아리아드네야. 아리아드네는 미
노타우로스의 누이였지. 미궁에 관한 질문으로 이 스레
드를 처음 시작한 사람도 바로 아리아드네였고.

이졸다

흔하디흔한 이름이잖아. 내가 쓰는 건성 피부용 로션 이름도 '아리아드네의 우유'인걸.

로미오-이-코히바

이름과 공통점에 대한 의견은 아주 좋아. 하지만 대체 우리가 뭘 해야 할지 전혀 감이 안 잡히는데?

몬스트라다무스

우리가 할 수 있는 일이 뭐가 있겠어? 우리를 미궁 밖으로 이끌어줄 테세우스를 기다려야지. 그리고 농담 따먹기가 도를 넘지 않기를 바라는 수밖에.

어글리 666

너한테는 이게 농담으로 들려?

몬스트라다무스

흠, 우리를 초대한 사람들은 틀림없이 유머 감각이 풍부할 거야.

로미오-아-코히바

난 아직까지 한 번도 안 웃었어.

너츠크래커

몬스터 말이 맞아. 확실히 이 모든 상황에는 유머러스한 데가 있어. 지옥의 유머이기는 하지만. 우리처럼 진지한 사람들이 서로를 바보 같은 이름으로 부르게 하다니 말이야. 고대 그리스의 키톤을 입혀놓지 않나, 이런 스크린 앞에 앉혀두질 않나. 게다가 우리가 모인 인터넷은 실제 인터넷하고는 아무 관계도 없잖아. 우리가 고대 그리스하고 아무 관계도 없는 것처럼.

오가니즘(-:

완전히 다르지는 않아. 스크린 디자인은 '가디언' 사이트를 모방했어. 맨 위에도 똑같이 '가디언'이라고 씌어 있고. 채팅방도 똑같이 생겼어. 다른 점이 있다면 거기에는 수없이 많은 스레드가 있고 우리에게는 하나뿐이라는 거.

몬스트라다무스

어쨌든 이름은 말이 되네. 정말로 우리의 가디언은 무한 정해.

너츠크래커

게다가 깃발에 메릴린치 마크가 있다는 것도 웃기지.

오가니즘(-:

하지만 아리아드네는 꿈에서 그 깃발을 봤으니까, 누가 한 농담인지는 확실치 않아. 우리를 조정하는 자들이 한 농담인지 그녀의 농담인지.

몬스트라다무스

놀라게 하고 싶지는 않지만, 아리아드네 자신도 오가니즘이 우리의 조정자라고 명명한 자들의 농담일 가능성도 고려해봐야 하지 않을까.

오가니즘(-:

어째서?

몬스트라다무스

현상학적으로 말하자면 그녀는 '아리아드네'로 표시된 미지의 기원에서 발신하는 메시지의 형태로서만 존재할 뿐이니까.

아리아드네

고맙군. 아리아드네.

몬스트라다무스

아리아드네, 기분 나빠하지 말아줘. 가설에 근거한 가능성을 말했을 뿐이야. 손톱만큼이라도 널 의심한다는 뜻은 아니야. 우리 중 누구에게라도 똑같은 가설을 적용할 수 있어.

오가니즘(-:

'현상학적으로'라는 건 무슨 의미지?

몬스트라다무스

지금 이 단어들을 보는 방식 그대로라는 뜻이야.

아리아드네

난 사실만 말했어.

너츠크래커

의심하는 사람은 아무도 없어. 네부카드네자르* 말은 어디까지나 이론적으로 그렇다는 거지. 그렇지?

몬스트라다무스

난 네부카드네자르가 아니야.

너츠크래커

미안, 몬스트라다무스.

몬스트라다무스

난 네부카드네자르도 몬스트라다무스도 아니야. 그러니 어떻게 부르건 무슨 상관이야?

---

* 신 바빌로니아의 왕. 칼데아 왕조의 왕 중 가장 위대한 왕으로 뛰어난 군대를 거느렸으며, 역사상 큰 영향을 미친 것으로 유명하다. 세계 7대 불가사의 중 하나로 전해지는 공중정원을 건설하기도 했다.

오가니즘(-:

내가 무슨 생각하고 있게? 아무도 눈치 채지 못했을 수도 있고 다들 눈치 챘을지도 모르지만, 아직 아무도 말 안 했지.

로미오-아-코히바

그게 뭔데?

오가니즘(-:

우리는 일반적인 채팅방에서처럼 메시지를 다 쓴 다음 띄우지 않아. 한 글자씩 칠 때마다 곧바로 스크린에 떠. 남이 말할 때 서로 끼어들 수도 있어. 그러면 가로막힌 문장 끝에 점이 세 개 나타나.

너츠크래커

다들 진작 알고 있었어.

오가니즘(-:

그뿐만이 아니야. 내가 아는 한 아직까지 아무도 단 한 번도 철자를 틀린 적이 없어. 자판을 치면서 실수 한 번

한 적이 없단 말이야. 좀 이상하지 않아?

몬스트라다무스

이미 심장하군.

너츠크래커

그들이 우리 대하를 몽땅 통제하고 있어.

이졸다

당쉰들 일보러 그러눈 거지?

로미오-아-코히바

천마네, 그랄 리가 있게써.

몬스트라다무스

나도 안냐. 조정 ㅇ 자드 짓이야.

로미오-아-코히바

장난은 그마내, 재섭는 거뜰아!

어글리 666

흥분해봤자 헛수고야, 로미오. 아무런 도움도 안 될걸.

이졸다

그들이 정말 멈춘 건가?

오가니즘(-:

좋았어, 로미오! 그들이 네가 하라는 대로 했어. 조정자
들한테 다른 것도 하라고 해봐.

로미오-아-코히바

네놈들xxx를xxx에 갖다 박고 두 번 오른쪽으로 돌려봐.

이졸다

그들이 우리가 쓰는 단어 하나하나를 모조리 주시하고
있어.

몬스트라다무스

혹시 그래서 테세우스가 아무 말도 하지 않고 있는 건 아
닐까?

오가니즘(-:

테세우스는 또 뭐야?

너츠크래커

미노타우로스를 죽인 사람 말이야, 오가니즘. 혹은 그를 죽여야만 하는 사람. 네 생각은 어때, 몬스트라다무스?

몬스트라다무스

어쩌면 이미 그가 여기 있을지도 몰라. 하지만 조정자한테 들키고 싶지 않은 거야. 그리고 조정자가 우리의 청동 버섯일지도 몰라.

로미오-이-코히바

마치 그를 네 눈으로 보기라도 한 것처럼 말하는군. 하지만 사실 그가 존재한다고 믿을 만한 이유는 아무것도 없잖아.

아리아드네

누구 말이야? 테세우스 아니면 애스터리스크?

로미오-아-코히바

둘 다.

몬스트라다무스

로미오, 마찬가지로 네가 존재한다고 믿을 이유도 없지.

로미오-아-코히바

이제 그만 좀 해. 집어치우라고.

아리아드네

어쩌면 우리 중에 테세우스가 있지 않을까?

너츠크래커

미노타우로스도 있을지 모르지.

오가니즘(-:

몬스트라다무스가 미노타우로스라는 데 xxx를 걸고 내기를 해도 좋아.

몬스트라다무스

실없는 소리 그만 해.

오가니즘(-:

테세우스, 대답해!

이졸다

적어도 여기 있는지 없는지만이라도 말해줘! 테세우스!

몬스트라다무스

그건 됐고. 조정자들이 우리 소원을 들어줄 수 있다면 문을 열어달라고 부탁해보면 어떨까?

어글리 666

문 밖에 뭐가 있는데?

오가니즘(-:

찾아보면 되지.

로미오-이-코히바

조심해, 문이 진짜 앞으로 열릴지도 몰라.

아리아드네

짤막한 시를 지었어. 몬스트라다무스에게 바치는 시.

몬스트라다무스

들려줘.

아리아드네

미노타우로스가 문에 숨네

그의 도끼가 달빛에 번쩍이네

'친애하는 윗슨, 이 이상은 안 될까?'

그러고는 침묵이 흐르는 밤.

몬스트라다무스

좀 암울하군. 하지만 내가 그렇게 수상쩍어 보이니 이런

시를 받아도 할 말이 없겠지.

오가니즘(-:

실험해보자. 문이여, 열려라!

어글리 666

신이여 자비를 베푸소서!

로미오-이-코히바

내가 경고했어!

아리아드네

모든 방에서 똑같은 일이 벌어졌어?

몬스트라다무스

내 방에서는 그래.

어글리 666

음악 말이야, 문 말이야?

아리아드네

전부 다.

이졸다

밖에 하늘이 보여. 회색이야. 공원 같기도 하고. 모두 조용한 것 같아. 한번 나가서 살펴봐야겠어.

로미오-이-코히바

이봐, 이졸데, 기다려! 밖은 위험할지도 몰라!

어글리 666

밖은 어두워.

로미오-이-코히바

이졸데!

너츠크래커

다들 나팔 소리 들었어?

아리아드네

나팔 소리 같아?

오가니즘(−:

문이여, 닫혀라!

너츠크래커

xxx는 찬양받으라.

몬스트라다무스

오가니즘, 더는 그런 식으로 실험하려 들지 마.

로미오−아−코히바

그럼 이쫄데는 어떻게 돌아오란 말이야? 문아, 열려라!

너츠크래커

xxx, 응? 다시!

몬스트라다무스

진정하고 상황 파악 좀 해보자.

오가니즘(−:

좋아, 알겠어. 문이 열릴 때는 발굽 달린 다리처럼 생긴

지렛대가 바깥쪽으로 내려가.

어글리 666

주여, 우리를 구하시고 지켜주소서!

너츠크래커

문을 닫으려면, 지렛대를 밀면 돼. 열려면 가운데 도끼를 누르고. 그러면 모두 자기 문을 열고 싶을 때 열 수 있어.

로미오-이-코히바

되는군.

몬스트라다무스

문 밖에 뭐가 보여?

아리아드네

내 방 바깥에 또다른 방이 있어.

어글리 666

어둠침침해. 벤치, 벤치가 많아.

로미오-아-코히바

드디어 맑은 공기를 쐬어보는군.

사트릭

술이 가득 든 냉장고가 두 개 있네. 역시 신이 날 버리지 않으신 게야!

오가니즘(-:

페인트를 칠해 벽돌처럼 보이게 만든 합판 벽이 있어. 허접하기 짝이 없는데.

너츠크래커

난 전자제품이 잔뜩 있어.

오가니즘(-:

배가 고파. 이봐, 조정자 양반들, 여기 뭐 간식거리라도 좀 없나? 흠…… 여기 있는 것 같군. 이 거시기는 저렇게 돌려놓고, 저 거시기는 이렇게 돌려놔야 해…… 이제 얘기 좀 해보자고.

몬스트라다무스

뭘?

로미오-아-코히바

네가 돌린 거 말이야, 그게 뭔지 말해봐.

오가니즘(-:

그들이 잼 바른 팬케이크를 좀 보내줬군. 고대 그리스치
고는 나쁘지 않은데. 난 제대로 식사 좀 하고 싶으니까
이제 쉬어야겠어.

로미오-아-코히바

식사 맛있게 해. 네가 뭘 돌렸는지만 말해주고.

오가니즘(-:

난 먹을 때는 누가 말 걸어도 무시해.

아리아드네

오가니즘, 딱 두 마디만 해주면 되잖아! 그러면 가서 먹
고 싶은 대로 먹어도 좋아.

너츠크래커

오가니즘, 우리 모두 너한테 묻고 있잖아.

오가니즘(-:

난 바빠.

어글리 666

폭식이 왜 죄가 된다는 건지 전에는 도무지 이해하지 못
했어. 그런데 내 영적인 벗이 설명해줬어. 폭식은 그 자
체로는 그리 끔찍하지 않아. 하지만 영혼의 천박함을 보
여주는 증표지. 폭음도 마찬가지야. 폭음이나 폭식을 한
다고 영혼이 타락하지는 않아. 타락한 영혼이 그런 행동
을 통해 드러나는 거야.

로미오-이-코히바

흥, 그런 소리 해봤자 저 녀석은 꿈쩍도 안 할걸.

몬스트라다무스

조정자들! 우리한테도 먹을 것 좀 달란 말이야!

아리아드네

무슨 소리가 들렸는데. 그런데 음식은 어디 있지?

몬스트라다무스

환기창 오른쪽에 조그만 들창이 있어. 벽에 직사각형 모
양으로 나 있을 거야. 그 들창을 쳐들면 뒤에 쟁반이 있어.

아리아드네

찾았다, 고마워.

로미오-이-코히바

그런데 도대체 뭘 돌렸다는 거지? 오가니즘 말로는……

아리아드네

그는 그저 농담한 거야, 로미오. 웃자고 한 소리야.

너츠크래커

다들 입 다물고 먹자고. 식사 잘 해.

이졸다

나 돌아왔어. 거기 누구 있어?

로미오-아-코히바

나 있어. 괜찮아?

이졸다

응.

로미오-아-코히바

걱정했잖아.

이졸다

잠깐 갔다 온 건데 뭘. 다른 사람들은 어디 갔어?

로미오-아-코히바

식사중이야. 우리 둘밖에 없어.

이졸다

네 문 밖에는 뭐가 있어?

로미오-이-코히바

덤불숲으로 이루어진 미궁이야. 내 키보다 높을 정도로 무성하게 자랐지만 깔끔하게 다듬어놓았더군. 덤불숲 사이로는 좁은 흙길이 죽 뻗어 있고.

이졸다

내 방 밖에도 오솔길을 따라 똑같은 덤불숲이 있어.

로미오-이-코히바

오솔길이라고?

이졸다

내 방문 밖은 공원이야. 바로 문 앞에서 오솔길이 시작되고, 양 옆으로는 덤불숲이 있어. 그 위로 곳곳에 삐죽삐죽 솟은 나무들이 보여.

로미오-이-코히바

내가 있는 곳의 덤불숲 사잇길은 복도에 더 가까워서 오솔길이라고 부르기는 좀 그래. 길이 구불구불해서 나뭇잎밖에 안 보여. 콤바인 같은 것이 덤불을 싹 베고 지나간 좁은 복도 같아.

이졸다

땅은 무슨 색이야?

로미오-아-코히바

베이지색.

이졸다

여기도 그런데. 우리 가까이 있나봐!

로미오-아-코히바

그밖에 또 뭘 보았어?

이졸다

그리 멀리 가지는 않았어. 오솔길이 많이 있는데, 계속해
서 갈라지고 구불구불 꼬이고 이리저리 돌아. 전혀 무섭
지는 않았어. 무섭기는커녕 오히려 정말로 기분이 좋아
지던걸. 미궁은 복잡할지 몰라도 길을 잃을 염려는 전혀
없어.

로미오-아-코히바

어째서지?

이졸다

길이 갈라지는 곳마다 지도가 걸려 있거든. 지도 위에는 '현재 위치'가 표시되어 있고.

로미오-아-코히바

정말 편리하군. 그럼 '미노타우로스의 위치'를 알려주는 표시는 없던?

이졸다

없던데.

로미오-아-코히바

농담이야. 누군가 마주치지는 않았어?

이졸다

아니. 하지만 모퉁이 바로 뒤에 누군가가 있다는 느낌은 여러 차례 들었어.

로미오-아-코히바

아리아드네가 얘기한 것과 비슷한 건 없었어?

이졸다

응, 좀 비슷한 것이 있긴 했어. 완전히 똑같지는 않지만. 멀리 떨어져 있기는 했지만 덤불숲 위로 지붕 몇 개가 눈에 띄었어. 가지각색의 인물상들이 있는 분수도 보았고.

로미오-아-코히바

아리아드네가 말했던 것과 같은 분수였어?

이졸다

모르겠어. 갈림길을 몇 개 지났는데, 갈라지는 곳마다 작은 분수가 하나씩 있었어…… 오아시스라고 불러야 하나, 뭐라고 해야 하나. 나무들이 있었고, 청동 동물상이 있는 분수가 있었어. 맨 처음 본 것은 산토끼와 거북이었어. 서로 마주 앉아서 하늘을 향해 얼굴을 쳐들고 있는 모습이었는데, 딱 벌린 입에서 가늘고 긴 물줄기가 뿜어져 나왔어. 솔직히 말하자면, 너무 높아서 보이지 않는 천장을 향해 침을 뱉어서 그 침이 자기들 머리에 도로 떨어지는 것처럼 좀 우스꽝스럽게 보였어. 또다른 갈림길에 있는 분수에는 여우와 까마귀가 있었어. 까마귀는 나무 위 높은 곳에 앉아 있었는데, 어찌나 큰지 까마귀라기보다는 독수리 같아 보였지 뭐야. 분수의 물이 나오는 파이프는 나뭇잎 속에 가려져 있었어. 여우는 웅크리고 앉아서 목구멍에서 쏟아내는 물줄기로 까마귀를 맞히겠다는 듯이 노려보고 있었지만, 물줄기가 까마귀한테 닿을 만큼 높이 뿜어져 나오지는 않았어. 까마귀는 날개를 접고 부리를 벌린 채 마치 여우를 보니까 구역질이 난다는 듯이 입에서 물줄기를 쏟아내고 있었지.

사트릭

이제야 내가 알아들을 만한 얘기가 나오는군.

이졸다

뭘 알아듣겠다는 거야?

로미오-이-코히바

신경 쓰지 마. 정말 말솜씨가 기가 막히구나, 이졸데. 내 눈앞에 그 광경이 선하게 떠오르는 것 같아.

이졸다

아, 깜빡했군. 여기저기 걸려 있는 지도는 요즘 것이 아니라 동판에 새긴 옛 지도 같았어. 아니면 동판화를 확대 복사한 것이든가. 그 위에는 비스듬히 기울어진 기묘한 서체로 베르사유의 미궁 지도(plan du labirinthe de versailles)라고 씌어 있었어. 그게 무슨 뜻일까? '운문(verse)'에서 나온 단어인가? 분수에 있는 동물상들이 우화에 나오는 것이라서 그런 이름을 붙였나?

로미오-이-코히바

베르사유 궁의 미궁 지도를 말하는 것이겠지. 기막힌 행운인데.

이졸다

베르사유라고? 그렇다면 왜 소문자로 썼을까?

몬스트라다무스

우리가 처한 상황을 생각하면 그 정도는 별로 놀랄 일도 아니지.

로미오-아-코히바

남이 얘기할 때 불쑥불쑥 끼어들지 좀 말아줄래?

몬스트라다무스

미안, 둘이서만 하는 얘기인 줄 몰랐어.

이졸다

그래서 넌 어디 갔었니, 로미오?

로미오-아-코히바

아직 밖에 나가보지 않았어.

이졸다

한번 나가보지 그래?

로미오-아-코히바

어쩐지 덫 같아.

이졸다

내 생각도 그래. 하지만 어쨌거나 우린 이미 사로잡힌 몸

인걸. 네가 있는 방이나 문 밖의 세상이나 다 덫의 일부일 뿐이야.

로미오-이-코히바
그 말이 맞아. 나가서 좀 둘러봐야겠다. 어쩌면 네가 보았다던 분수로 가는 길을 찾아낼 수 있을지도 모르지.

이졸다
잠깐, 로미오. 벌써 날이 어둑어둑해지고 있어. 내일 가는 게 좋겠어. 그 대신 네가 어떻게 생겼는지나 말해줄래? 아리아드네가 말한 대로야?

로미오-이-코히바
왜 다들 내가 아리아드네가 꿈속에서 보았다는 그 남자라고 단정하는지 모르겠군. 공통점이라고는 문신과 콧수염뿐인데. 문신 얘기는 벌써 끝냈잖아. 그러면 남은 건 콧수염뿐이야. 이건 같은 색 넥타이를 맸다고 동일인물로 모는 것이나 마찬가지야.

이졸다

진짜 머리가 벗어졌어?

로미오-아-코히바

벗어진 게 아니라 밀었어. 그건 하늘과 땅 차이지. 머리가 벗어진 사람들은 좋아서 그렇게 된 게 아니지만, 머리를 미는 사람들은 자긍심의 표시로 미는 거야. 멀리서 보면 똑같이 보인다 해도 말이야. 그리고 내 사마귀는 아주 작아서 눈에 잘 띄지도 않아. 얼굴에 사마귀 하나 없는 사람이 어디 있어?

이졸다

넌 미남이니?

로미오-아-코히바

'미남'의 의미가 뭔데?

이졸다

음, 잘생긴 남자라는 뜻이지.

로미오-이-코히바

누구 눈에 말이야? 내 얼굴이 어떻게 보이는지 나야 잘 알지. 다른 사람들 판단이라면 그때그때 다를 테고. 하지만 한 가지는 확실히 말할 수 있어. 나와 함께 있어도 조금도 두려워할 필요 없다는 거.

이졸다

무슨 소리야? 내가 너를 무서워하지 않아도 된다는 뜻이야? 아니면 너와 함께 있으면 아무것도 두려워할 필요가 없다는 뜻이야?

너츠크래커

네가 함께 있어도 공포감 조성할 만한 짓은 하지 않을 거란 말인 것 같은데.

로미오-이-코히바

우리 얘기 좀 하게 내버려둬, 알겠어? 이졸데, 너에 대해서 좀 물어봐도 될까?

이졸다

어떤 것?

로미오-이-코히바

예를 들면…… 시를 좋아하는지.

이졸다

그럭저럭.

로미오-이-코히바

좋아하는 시인이 누구야?

이졸다

캐롤라인 케네디.

로미오-이-코히바

무슨 시를 썼는데?

이졸다

'재클린 케네디 오나시스의 애송시.'

로미오-아-코히바

넌 어떻게 생겼어?

이졸다

어떻게 생겼으면 좋겠어?

로미오-아-코히바

진짜로 어떤 모습인지 알고 싶어.

이졸다

키는 중간 정도. 검은 머리카락. 초록색 눈. 남들 말로는 미인이라던데.

로미오-아-코히바

네 모습이 어떤지 내가 상상할 수 있도록 묘사해줄래?

이졸다

남들한테서 들은 말은 있지만…… 얘기할 거리가 되는지 모르겠네.

로미오-이-코히바

남들이 뭐랬는데?

이졸다

『뉴요커』 표지에 실렸던, 모니카 르윈스키를 모나리자에
빗댄 그림과 비슷하다는 얘기를 한 번 들은 적이 있어.
내가 다섯 배는 더 어리게 생겼다는 점만 빼면.

로미오-이-코히바

모니카 르윈스키랑 닮았다는 말이야?

이졸다

아니, 전혀 안 그래.

로미오-이-코히바

그럼 모나리자하고 닮았다고?

이졸다

손톱만큼도 닮지 않았어. 바보 같은 소리야.

로미오-이-코히바

근사한 말 같은데. 뜻을 확실히는 모르겠지만.

몬스트라다무스

괜찮다면 내가 설명 좀 할게. 모니카 르윈스키에게는 신비스러운 요소라고는 전혀 없고, 모나리자에게는 성적인 요소가 전혀 없어. 하지만 모나리자의 눈부신 신비로움과 모니카 르윈스키의 세속적인 관능미를 뒤섞고 젊음의 매력을 더한다면 이졸데가 나오는 거지. 이제 이해됐나?

로미오-이-코히바

다른 사람 얘기에 끼어들지 말라고 도대체 몇 번이나 말해야 알아듣겠어, 네부카드네자르?

몬스트라다무스

난 네부카드네자르가 아니야.

로미오-이-코히바

좌우지간 끼어들지 마. 밥 먹고 싶어하는 줄 알았는데.

밥이나 먹지 그래?

몬스트라다무스

다 먹었어.

로미오-이-코히바

그럼 뭐든 좀 마시든가. 이졸데, 우리를 가만 놔두지 않
는군.

이졸다

벌써 밤이 늦었어. 잠이나 자자.

로미오-이-코히바

좋아. 내일 봐. 내일이 온다면 말이지만.

이졸다

그러기를 바라야지. 아 참, 하나 빼먹었네. 난 머리를 땋
아서 등뒤로 늘어뜨렸어.

아리아드네

쟤네들 반했나봐.

몬스트라다무스

이름값하는군. 자기 이름이 로미오라고 생각해봐. 사랑에 빠지는 거 말고 할 수 있는 일이 뭐겠어?

오가니즘(-:

콘돔 한 상자 들고 줄리엣이나 찾으러 가야지.

너츠크래커

아니면 펌프식 산탄총을 들고 셰익스피어를 찾아 나서든가.

로미오-이-코히바

좀 가만 내버려두라니까.

너츠크래커

로미오, 아직도 있었나? 자러 간 줄 알았지.

몬스트라다무스

아리아드네! 또 청동버섯이 꿈에 나오거든 무슨 생각을
하고 있는지 한번 알아내봐.

:-))

몬스트라다무스

아리아드네, 벌써 깼어?

아리아드네

다른 사람들은 다들 어디 있어?

몬스트라다무스

모르겠어. 자고 있나보지. 어때? 꿈 좀 꾸었어?

아리아드네

응.

몬스트라다무스

얘기해줘.

아리아드네

강의 같았어. 난 교육기관의 강의실에 앉아 있었어. 벽을 따라 줄지어 늘어선 장비들로 보아 기술대학이나 뭐 그런 곳 같았어. 어떤 종류의 장비인지는 모르겠지만, 텔레비전 같은 스크린이 붙은 장비도 있고, 수많은 용수철과 평형추가 달린 저울처럼 생긴 것도 있었어. 강의실은 원형 경기장처럼 생겼어. 칠판 쪽으로 경사가 져 있고, 칠판 옆에는 분수 옆에서 내게 말을 걸었던 바로 그 난쟁이가 서 있었어. 우리 둘 외에는 아무도 없었어. 칠판 가득히 어떤 장치의 복잡한 설계도가 그려져 있었어.

몬스트라다무스

그 앞의 장면도 기억나? 그곳에 어떻게 갔어?

아리아드네

그건 기억이 안 나. 난쟁이는 내가 마치 오랜 친구라도 되는 것처럼 내게 손을 흔들더니, 주군(主君)의 심중을 알아내고 싶다는 우리의 소원을 들었다고 말하더군. 그게 바로 강의의 주제라는 거야. 벌어지는 모든 상황이 너무나 자연스러워 보여서 아무것도 캐물을 생각이 나질 않았어. 이상한 것이 하나 둘이 아니었는데도 말이야. 예를 들면 그 설계도는 칠판에 분필로 그린 것이 아니라 동판화처럼 새겼더라고. 난쟁이가 그림의 한 부분을 고칠 때 조각도를 들고 칠판 겉면을 길게 깎아내어 선을 새기는 것을 보고 알았어.

몬스트라다무스
무슨 설계도였는데?

아리아드네
애스터리스크의 마음이었어.

몬스트라다무스
애스터리스크의 마음?

아리아드네
그래. '공포의 헬멧'이라는 이름의 설계도였어. 그림 위에 큰 글씨로 씌어 있더군. 난쟁이는 그것이 기계류의 도면처럼 보일지라도, 모자나 기구 따위가 아니라 분명히 마음의 설계도라고 아주 끈질기게 몇 번이고 강조했어.

기계의 본체는 헬멧 모양이었어. 전시용 탁자 위에도 똑같이 생긴 헬멧이 놓여 있었는데, 고대의 청동 투구였어. 그 밑에는 구멍 뚫린 면갑(面甲)이 안쪽으로 휘어져 있더군.

몬스트라다무스
'안쪽으로 휘어져 있다'니 무슨 말이야?

아리아드네
아랫부분이 얼굴 중앙의 가늘고 긴 틈을 통해 헬멧 안쪽으로 뻗어 있었단 말이야. 옆에 금속판 비슷한 것도 붙어 있었는데, 하나같이 낡디낡았고 세월의 흐름으로 푸릇푸릇 녹이 났더군. 로마시대 검투사의 투구 같기도 하고 면갑 달린 청동 모자 같기도 하고. 여기에 뿔이 달려 있다는 점만 달랐지. 뿔은 헬멧 위쪽에서 뻗어 나와 뒤쪽으로 구부러져 있었어. 분수 가의 광장에서 애스터리스크가 걸어올 때 이미 본 적이 있었어. 그의 헬멧은 더 크고 각양각색의 수많은 전선과 관이 달려 있어서 훨씬 더 복잡했다는 점만 달랐어. 난쟁이는 이것은 단순화한 모델이라고 했어. 그가 하는 얘기는 정말 이상야릇했어.

몬스트라다무스

그 얘기도 나한테 해줄래?

아리아드네

공포의 헬멧은 여러 개의 주요부와 수많은 종속부로 구성되어 있다고 했어. 각 부분마다 '전면망(frontal net)'이니, '지금 격자(now grid)'니, '격리판 미궁(separator labyrinth)'이니, '풍요의 뿔(horns of plenty)'이니, '타르코프스키의 거울(Tarkovsky's mirror)'이니 하는 이상한 이름이 붙어 있었어. '지금 격자'와 '전면망'이 제일 큰 부분을 차지하고 있었지. 그것은 두 부분이지만 어떤 때는 결합하여 한 덩어리를 이루기도 했어. 바깥 부분인 망은 구멍 뚫린 면갑처럼 생겼고, 안쪽 부분인 격자는 헬멧을 상부와 하부로 나누어놓았어. 그래서 머리가 주먹만 한 사람일지라도 도저히 헬멧에 머리를 넣을 방법이 없어. 난쟁이 말로는 '지금 격자'는 과거를 현재와 갈라놓고 있는 거래. 그곳이 바로 우리가 '지금'이라고 부를 수 있는 유일한 지점이니까. 그래서 그런 이름이 붙은 거래. 과거는 헬멧 상부에 위치하고, 미래는 하부에 위치해 있어.

몬스트라다무스

그다지 논리적인 것 같지 않군. 그 반대가 되어야 하지 않나?

아리아드네

아냐, 분명히 기억하고 있어. 그런 다음 난쟁이는 헬멧이 어떻게 작동하는지 설명하기 시작했어. 그는 세부사항으로 들어가기 전에 먼저 문제의 본질을 파악해야 한다고 말했어. 헬멧의 작동 주기에는 시작점이 없으니까, 어디에서 시작해도 좋대. 그러더니 그는 내 얼굴을 간질이던 부드러운 여름날의 햇살을 상상하는 것으로 시작하라고 했어. 바로 그런 식으로 어떤 '인상의 흐름'이 '전면망'을 가열해서 '지금 격자'에 열을 전달하게 돼. 격자는 헬멧의 상부에 있는 과거를 승화시켜서 증기로 변환하고, 증기는 환경의 힘에 의해 '풍요의 뿔'로 흘러들어가지. '풍요의 뿔'은 이마에서 돋아나 헬멧 옆을 따라 휘어지면서 서로 얽혀 뒤로 땋아 내린 머릿가닥처럼 헬멧 바닥까지 늘어뜨려져 있어. '지금 격자' 아래에서는 땋은 뒷머리에서 발생한 '희망의 거품'이 미래 지역으로 분출되지. 거품은 위로 올라가다가 '환경의 힘'을 만들어내는 '지금 격자'에 부딪혀 터지면서 '격리판 미궁'에 '인상의 흐름'을 빚어내게 돼. 그런 다음 '인상의 흐름'이 '전면망'에 부딪혀 산산이 부서지면서 '지금 격자'를 가열해서 순환 에너지를 다시 불어넣는 거야. 난쟁이가 '가열한다'고 말할 때의 열은 불에서 나오는 그런 열하고는 달라. 그보다는 사랑으로 뜨거워진다고 할 때의 그런 의미야. 그는 내가 무슨 일이 일어나는지 상상할 수 있도록 익숙한 것에 빗대었을 뿐이라고 했어. 마찬가지로 '인상의 흐름'은 진짜 어딘가로 흐른다는 뜻이 아니고, '희망의 거품'도 진짜 거품을 말하는 것이 아니야.

몬스트라다무스
알쏭달쏭하군.

아리아드네
나도 처음에는 무슨 소린지 하나도 이해가 안 됐어. 난쟁이가 나더러 질문을 하라는데 하나같이 다 모를 소리들뿐이어서 무엇부터 물어봐야 할지 모르겠더라고. 그가 마지막으로 한 얘기가 '희망의 거품'에 대한 것이었기 때문에, 왜 그런 이름이냐고 물었어. 난쟁이는 약간 당황

하더니 공식 명칭처럼 원래 쓰는 이름이라고 하더군. 사실 희망이라는 표현이 항상 들어맞는다고는 할 수 없대. 그보다는 공포와 근심, 의혹과 증오, 갖은 헛소리, 습관처럼 어리석게 질겅질겅 되씹는 새김질거리라고나 할까. 그때 갑자기 말을 끊고 슬쩍 주위를 둘러보더니 뭔가 적절히 옮기기 힘든 말을 웅얼거렸어. 그러더니 이전처럼 강사다운 목소리로 돌아와 기술적으로 말하자면 '과거의 거품'이라고 부르는 쪽이 정확하다고 말했어. 그것들은 쉬지 않고 부풀어 올라 헬멧 안을 온통 메워버려, 그밖의 어떤 것도 헬멧 속에 나타나지 못하게 한대. 그래서 실제로 무슨 일이 일어나고 있는지 인식할 여유나 기회를 주지 않기 때문에 거품이라고 불린대. 난쟁이는 포인터로 설계도에서 뿔이 헬멧 뒤쪽에서 서로 만나 이루는 수직의 고리 같은 부분을 가리켰어. 그는 '희망의 거품'이 '풍요의 뿔'에서 과거를 농축한 결과로 많은 뒷머리에서 발생한다고 말했어. 하지만 과거는 더 많은 과거로써만 농축되기 때문에, '희망의 거품'은 단지 상태만 다를 뿐, 온전히 과거로만 구성된대. 즉, 애스터리스크가 미래를 볼 때도 과거밖에는 볼 수 없다는 뜻이야. 헬멧 하단부는 주로 '희망의 거품'을 식히기 위해서 필요한

데, 거품에 봄의 신선함과 탱탱한 탄력을 부여해주는 과정이야. 거품이 '지금 격자'에 부딪혀 터지면서 '환경의 힘'을 발생시키는데, 그 힘이 과거를 헬멧 상단부에서 '풍요의 뿔' 입구까지 밀어 올려서 '인상의 흐름'이 발생하는 '격리판 미궁'을 통과시키는 거야.

몬스트라다무스
'격리판 미궁'이란 뭐지?

아리아드네
'풍요의 뿔' 입구 앞쪽, 이마 부분에 위치해 있는데, 물결 모양으로 틈새가 가늘고 길게 패어 있는 일종의 얇은 판이야. '격리판 미궁'은 공포의 헬멧에서 가장 중요한 부분이지. 무(無)에서 모든 것이 만들어지는 곳이야. 다시 말해서 '인상의 흐름'이 일어나는 곳이지. 또한 과거, 현재, 미래가 분리되는 곳이기도 해. 과거는 위쪽으로 올라가고, 미래는 아래쪽으로 내려가고, 현재는 '인상의 흐름'의 형태로 '전면망'의 겉표면으로 내려앉아서 주기가 다시 일어나도록 강렬한 욕망을 빚어내지. 그렇게 해서 일종의 영원한 변형(perpetuum mobile)이 되는 거야.

몬스트라다무스

잠깐만. '희망의 거품'은 과거의 다른 상태에 불과하다는 거지?

아리아드네

맞아. 그렇게 들었어.

몬스트라다무스

하지만 거품이 터지고 난 후 과거, 미래, 현재가 생긴단 말이지?

아리아드네

그렇지.

몬스트라다무스

그 말은 과거, 현재, 미래로 분해하는 건 바로 과거라는 뜻이네?

아리아드네

사실 모든 주기는 물이 얼음이 됐다가, 바닷물이 됐다가,

증발했다가 하는 식으로 단지 현재가 여러 상태의 마음을 순환하는 데 불과해.

몬스트라다무스

하지만 어떻게 '인상의 흐름'이 '격리판 미궁'에서 일어나지?

아리아드네

'환경의 힘'으로.

몬스트라다무스

알았어, 하지만 잠깐 기다려봐. '격리판 미궁'은 헬멧 내부지?

아리아드네

그래.

몬스트라다무스

'인상의 흐름'은 헬멧 바깥 표면에 내려앉는다고 했잖아. 하지만 내부에서 인상이 발생한다고 했는데 어떻게 그럴 수가 있지?

아리아드네

나도 그걸 물어봤어. 난쟁이는 웃으면서 겉보기에만 모순으로 보일 뿐이라고 했어. 그의 설명에 따르면 내가 말한 '내부'와 '외부'는 실제로는 전혀 존재하지 않는다는 거야. 그것들은 '환경의 힘'에 의해 '격리판 미궁'에서 생성되어 '풍요의 뿔'로 들어가서 과거를 농축하여 '희망의 거품' 상태로 변환시킨대. 하지만 '외부'와 '내부'는 '풍요의 뿔' 속을 제외하고는 어디에도 없기 때문에 '인상의 흐름'은 아주 쉽게 헬멧의 내부에서 일어나 외부에서 헬멧에 내려앉을 수 있는 거래. 다른 것도 다 마찬가지랬어. 하지만 난쟁이는 어떤 상황에서든 아무것도 진짜로 여기면 안 된다고 경고했어. 현상 전체가 변압기의 전자기장처럼 일어난대.

몬스트라다무스

아하. 그러면 '타르코프스키의 거울'은 뭐지?

아리아드네

미래 영역과 '지금 격자' 사이에 사십 도 각도로 놓인 김이 잔뜩 서린 조그만 거울이야. 아래쪽에서 들어온 '희망의 거품'이 그 거울에 비치면, 거품이 움직이는 선을 따라 실제보다 훨씬 더 멀리 있는 것처럼 보인대. 그래서 그 선이 실제로 존재한다는 느낌이 들게 한대.

몬스트라다무스

알겠어. 그런데 어째서 '격리판 미궁'이 헬멧의 구조 중 가장 중요한 부분이라는 거야?

아리아드네

첫째로, '인상의 흐름'이 일어나는 곳이니까. 둘째로, '나'와 '너', 좋고 나쁨, 좌우, 흑백을 비롯한 모든 것이 발생하는 곳이기 때문이야. 난쟁이 말로는 공포의 헬멧에서 이 부분이 가장 중요하대. 수천 년간 한 번도 변한 적이 없었다더군. 바로 그때 한 줄기 햇살이 칠판 옆에 걸린 포스터를 비추었어. 포스터에는 미궁의 도면이 새겨진 크레타의 동전이 있었어. 난쟁이가 마침 잘 됐다면서 그게 '격리판 미궁'이라고 하더군. 미궁은 아주 특이

한 모습이야. 포스터 중앙에 교차로가 있는데, 입구로 곧장 이어져 있고, 무수히 많은 평행한 길이 교차로를 둘러싸고 뻗어 있어. 그 길들은 얼핏 보면 미지의 장소로 이어지는 것 같지만, 자세히 보면 완전한 원을 그리고 있어. 이건 가장 널리 퍼져 있는 미궁의 이미지야. 고대의 동전이나 그림마다 거의 빠지지 않고 등장하지. 이 미궁을 자세히 들여다보면 일직선이야. 그 말은 일단 들어가서도 길을 잃거나 출구를 못 찾는 일은 없다는 얘기지. 달리 말하면 '풍요의 뿔' '지금 격자' '격리판 미궁', 과거와 미래를 단일한 개체의 다른 부분이자 실제로 따라갈 수는 없어도 동일한 연속선으로 파악할 수 있다는 말이기도 해.

몬스트라다무스
'풍요의 뿔'은 어째서 그런 이름이 붙은 거지?

아리아드네
그 뿔들이 부드러운 감정, 곁눈질, 고상한 말, 최후의 생각을 비롯하여 모든 것을 아우르고 있기 때문이야. 진짜배기 보물창고이거나 쓰레기장이거나 둘 중 하나지. 하지만 이 모든 무한한 다양성은 사실 온전히 과거로만 이루어져 있어. 내가 제대로 이해했다면, '풍요의 뿔'은 화학공장의 농축장치처럼 작동해. 과거는 '환경의 힘'에 밀려 그 안을 통과하면서 다른 온갖 것들과 뒤섞이며 더 풍부해지고 가치를 갖게 되지. 그 결과 뒤로 땋은 머리에서 생성된 '희망의 거품'이 미래 영역을 부글거리며 통과한 다음 '타르코프스키의 거울'에 반사되어 경이로운 신선함으로 충만한 새로운 날로 느껴지게 되는 거야.

몬스트라다무스

좀 전부터 뭔가 안 맞는다는 느낌은 드는데 딱 꼬집어 말하지는 못하겠어. 아, 이제 알았다! 누가 그것을 느낀다는 거야?

아리아드네

누구라니? 그야 물론 애스터리스크지.

몬스트라다무스

바로 그거야! 하지만 애스터리스크는 어디에 있지? 내가 이해한 대로라면, 이 헬멧 내부는 구획지어져 있어서 그 안에 머리는 고사하고 주먹 하나 밀어넣을 틈이 없다고 했잖아. 거기에 대해서는 안 물어봤구나?

아리아드네
응, 안 물어봤어. 난쟁이가 자기 입으로 말해줬어. 애스터리스크는 다른 모든 것과 같은 장소, 즉 '격리판 미궁'에서 태어난대.

몬스트라다무스
그다음에는?

아리아드네
그다음에는 '환경의 힘'이 그를 '풍요의 뿔'로 들어가도록 유도하지. 그는 다른 모든 것과 섞여서 농축되어 '희망의 거품' 형태로 '지금 격자'로 되돌아오는 거야.

몬스트라다무스
내 말을 이해 못 하는군. 이 모든 xxx를 지각하는 주체에 대해서 알고 싶다고. 궁극적인 주체 말이지. 이해가 안 돼? 그 주체는 도대체 어디에 있는 거야?

아리아드네

지각하는 궁극적인 주체가 무엇인지는 정말로 모르겠
어. 하지만 그 주체가 '풍요의 뿔' 속에 있으리라는 점은
의심의 여지가 없어. 거기 외에는 있을 데가 없으니까.

몬스트라다무스

그러면 그 주체는 어디에서 나오지?

아리아드네

'격리판 미궁' 속에서. 다른 모든 것과 마찬가지로.

몬스트라다무스

그러면 이 모든 과정이 진행되는 목적은 뭐야?

아리아드네

나도 몰라.

몬스트라다무스

좋아. 차근차근 하나씩 짚어보자. 지각이 어디에서 일어
나지?

아리아드네

'격리판 미궁'에서.

몬스트라다무스

무엇으로부터?

아리아드네

과거로부터. 과거 속에 있었으니까. 안 그래?

몬스트라다무스

그렇지.

아리아드네

그러면 왜 갑자기 현재와 미래로부터 사라져야 하는 걸까?

몬스트라다무스

너츠크래커 좀 나와봐! 내 힘으로는 안 되겠어.

너츠크래커

너희들의 토론을 아주 흥미진진하게 보고 있던 참이야.

몬스트라다무스

내 공포의 헬멧은 과열 직전이야. 다른 식으로 질문을 던져볼게. 애스터리스크와 지각과 그밖의 모든 것이 '격리판 미궁'에서 생겨난다면, 어떻게 애스터리스크가 그것들을 지각하는 주체가 될 수 있지?

아리아드네

난쟁이는 그것은 그가 생산물로서 갖는 특정한 속성일 뿐이라고 말했어. 다시 말하자면, 그가 모든 것을 지각한다는 생각은 다른 모든 것과 함께 '격리판 미궁'에서 생겨나.

너츠크래커

무엇으로부터 생겨나는데?

아리아드네

무(無)로부터. 제대로 듣지 않았구나.

너츠크래커

좋아. 그럼 내가 질문 하나 할게. 애스터리스크가 '격리판 미궁'에서 출현한다고 했지?

아리아드네

맞아.

너츠크래커

머리 대신 공포의 헬멧이 있고?

아리아드네

그래.

너츠크래커

그러니까 '격리판 미궁'은 헬멧 안에 있는데 공포의 헬멧이 '격리판 미궁'에서 출현한단 말이야?

아리아드네

응, 맞아.

너츠크래커

하지만 헬멧은 헬멧의 일부보다는 커야 해. 자기 일부 안에 들어 있을 수는 없는 거잖아?

아리아드네

난쟁이는 '내부'와 '외부'는 단지 '풍요의 뿔' 속에만 존재한다고 했어. '크다' '작다'의 개념도 마찬가지야. 뿔은 우리가 상상할 수 있는 것은 물론이고 그밖의 것까지도 완전히 다 포함해.

너츠크래커

그렇다면 헬멧까지도 '풍요의 뿔' 속에 존재한다는 거야?

아리아드네

맞아, 내 생각은 그래.

너츠크래커

그걸 어떤 식으로 보건 간에, 공포의 헬멧이 헬멧을 구성하는 일부분 속에서 생겨난다는 뜻이잖아. 하지만 헬멧은 다른 부분 안에 존재하지. 그게 어디냔 말이야?

아리아드네

어디냐고? 말하나마나 '풍요의 뿔' 속이지.

너츠크래커

아리아드네, 진심으로 하는 말이야?

아리아드네

그럴걸. 아닐지도 모르지만. 솔직히 말하면 지쳤어. 난쟁이를 만나거든 꼭 다 물어볼게. 질문거리를 생각해봐.

몬스트라다무스

잠깐만. 꿈은 어떻게 끝났어?

아리아드네

강의가 끝나고 복도로 나왔어. 복도에는 반원형 틀에 끼워진 대형 거울이 하나 있을 뿐, 아무것도 없었어. 다가가서 거울을 들여다보다가 잠에서 깼어.

몬스트라다무스

거울에 뭐가 보였어?

아리아드네

내 모습.

몬스트라다무스

뭐 별다른 건 없었고?

아리아드네

나는 뒤쪽 가장자리에 작은 은방울꽃 두 개를 단 챙이 둥근 밀짚모자를 쓰고 있었어. 모자에는 둥근 구멍이 뻥뻥 뚫린 두꺼운 레이스 베일이 드리워져 있어서 베일 뒤의 얼굴이 전혀 보이지 않았어. 무척 아름다웠지만, 뭔가 불안한 기분이 들었어. 뭐가 잘못됐는지 알 수가 없었어. 그러다가 갑자기 거울에 비친 내 모습이 청동 가면을 쓰고 있다는 것을 알았지. 난 겁에 질렸어. 그때 갑자기 꿈이 끝난 거야. 그게 다야. 갈래.

오가니즘(-:

역시 그럴 줄 알았어. 저 멍청이가 가상현실 헬멧을 쓰고 있었던 거야.

너츠크래커

가상현실 헬멧 따위가 아니라 근사한 압력솥 같은데. 어린이용 게임이나. 성인이 가상현실 헬멧을 쓰게 되면 헬멧이 어떻게 작동하는지쯤은 잘 알아. 이건 그런 게 아니야.

오가니즘(-:

그러면 어떻게 작동하는데?

너츠크래커

전류가 어느 쪽으로 흘러들어가 무엇으로 변환되는지는 잘 모를 수도 있어. 하지만 그런 헬멧을 쓰면 무엇을 보고 어떤 생각을 하게 되는지는 아주 잘 알지. 내 전공 분야였거든. 쌍방향 환경에서 선택의 문제에 대해 연구했지. 늘 그런 헬멧을 가지고 작업했어.

오가니즘(一:

처음 듣는 얘기야. 그게 뭔데?

너츠크래커

음, 액션 영화를 보면서 누가 누구를 쏠 건지 네 스스로
결정한다고 상상해봐. 주인공을 첫번째 총격전에서 죽
인다면, 나머지 이야기는 어떻게 되겠어? 아무 제약 없
이 마음껏 선택한다면 불행하기 짝이 없는 결말이 될 수
도 있지. 예술은 우리를 행복하게 해줘야 해. 불행하게
만들어서는 안 된다고.

몬스트라다무스

두말하면 잔소리지. 설령 예술 때문에 불행한 기분이 되
더라도, 불행에서 행복을 느낄 수 있어야 해.

너츠크래커

그 말이 맞아! 그러니까 겉보기에만 그럴싸할 뿐이지,
진정한 의미의 상호작용이란 결코 존재하지 않아. 있다
해도 기껏해야 무엇을 선택하든 근본적으로는 상황이
바뀌지 않는 좁은 범위 안에서나 허용되는 정도지. 주된

문제는 주체가 한 치의 오차도 없이 요구되는 대로 결정하도록 선택의 자유를 없애버리면서, 자신의 선택이 자유의지에 따른 것이라고 철석같이 믿게 만드는 거야. 과학용어로 강제 순응이라고 하지.

어글리 666
그건 뭐야?

너츠크래커
얘기하자면 길어.

오가니즘(-:
딱히 시간 때울 거리도 없잖아.

몬스트라다무스
맞아. 그 얘기 좀 해봐, 너츠크래커. 머리나 식히게.

너츠크래커
헬름홀츠가 무엇을 보는지는 굳이 설명 안 해도 되겠지?

오가니즘(-:

누구?

너츠크래커

헬멧을 쓴 사람을 가리키는 전문용어야. 헬름홀츠는 실제 세계로부터 완전히 고립되어 인공적인 차원에 있으면서 그 안에서 움직이는, 아니, 움직인다고 생각하는 사람을 말해. 이 차원이 똑같은 대리석 꽃병 세 개가 세워져 있는 평평한 면의 형태를 취하고 있다고 가정해보자. 그럼 똑바로 가게 하려면 헬름홀츠를 가운데 꽃병 쪽으로 이끌어야겠지.

오가니즘(-:

똑같은 대리석 꽃병 세 개라. 수고스럽게 헬멧을 쓸 것까지도 없겠는데.

너츠크래커

꽃병 대신 문이어도 좋고, 교차로의 모퉁이어도 좋아. 뭐든 선택의 대상이면 다 좋아. 그건 중요하지 않아. 헬멧에서 보이는 것은 모두 특별한 프로그램에 의해 조작된 거야. 매번 우리가 미리 정해둔 대로 헬름홀츠가 선택하도록 그 프로그램을 설정할 수 있어.

오가니즘(-:

물론, 그 프로그램을 손볼 수야 있겠지. 하지만 실험적인 주제는 아니군. 헬름홀츠가 직접 프로그래밍했을 수도 있잖아.

너츠크래커

바로 그거야. 헬멧과 헬름홀츠가 한 개체로 융합된다면, 책만이 아니라 독자도 편집할 수 있게 되는 거지. 내 말 뜻 이해하겠어? 그래서 편집이 외부에서 이루어질 수도 있고, 내부에서 이루어질 수도 있다고 말하는 거야. 물론 그 사이에 명확한 경계는 없지만.

오가니즘(-:

다시 설명해줄래?

너츠크래커

외부 기술은 우리가 보는 것에 작용하고, 내부 기술은 우리의 사고에 작용하지.

오가니즘(-:

예를 들자면?

너츠크래커

가장 단순한 외부 편집 프로그램은 '끈끈이 눈'이야. 머리를 돌려도 꽃병들 중 하나는 시야에 계속 남아 실제보다 더 오래 머무르는 거지.

몬스트라다무스

하지만 나머지 두 꽃병은 어떻게 되는 거야? 옆에 세워져 있다면서. 시각상의 원칙에 따르면.

너츠크래커

헬멧 안에서 시각이 어떻게 작용할지는 우리와 고객이 결정할 문제야. 다른 방법으로는 '무게'라는 것이 있지. 헬름홀츠가 우리 꽃병에서 발길을 돌리려 하면, 프로그램이 그의 움직임을 둔화시키는 거야. 접근할 때는 움직임을 빨라지게 하고. 그의 발에 수치상으로 추를 매어놓고 없앴다가 다시 달았다가 하듯이 말이야. 그러면 다른 방향으로 가는 것보다 찍어둔 꽃병 쪽으로 가기가 더 쉬워지겠지.

오가니즘(-:
수치상의 추라. 멋지군.

너츠크래커
다음 기술로는 '파블로프의 암캐'가 있어. 중간 조건반사 편집 프로그램이지.

오가니즘(-:
전화벨이 울리면 위액이 흘러나오기 시작한다는 것을 발견한 그 러시아 과학자 이름을 딴 거야?

어글리 666
아니야, 그는 개의 조건반사를 연구했어.

너츠크래커
내가 붙인 이름이 아니야. 네가 선택하고 싶지 않은 꽃병을 보면, 시야가 흐려지고 일렁거리면서 귓속이 시끄럽게 윙윙 울리든가, 전기 충격을 느끼게 되는 거야. 그러면 다시는 그 꽃병 쪽으로 눈을 돌리지 않겠지.

어글리 666
하지만 즉시 알아챌 거야.

너츠크래커
우리가 원하는 것이 바로 네가 곧바로 알아채서 올바른 결론을 내리고 다음에는 옳은 쪽을 보는 것이지. 이건 제3세계 국가들이나 쓰는 싸구려 기술이야. 하지만 예산이 충분하다면 초저주파 같은 것을 쓸 수 있겠지. 헬름홀츠는 전혀 알아채지 못하지만, 우리가 점찍은 것이 아닌 꽃병으로 눈을 돌릴 때는 음침하고 정체 모를 공포를 경험하게 되지. 반대로 올바른 선택을 했을 때는 쾌감 중추에 자극을 주는 거지. 예전에는 전극을 삽입했지만, 지금은 약물 요법이나 뇌파를 델타파로 바꾸는 방법을 써.

오가니즘(-:
말도 안 돼. 우리가 쌍방향 영화를 볼 때 그들이 그런 수를 다 쓰고 있는 거란 말이야?

너츠크래커

그렇지는 않아. 이 기술은 영화를 위해 개발된 것이 아니
야. 물론 가상 공간을 위해서도 아니고. 그냥 시험 삼아
만든 거야. 이 주제는 공식적으로 거론되지 않아. 하지만
너도 나도 공적 영역에 있지 않으니까, 그 얘기를 한다고
해서 문제될 거야 없겠지.

오가니즘(−:

그러면 내부 편집 프로그램이란 어떤 거야?

너츠크래커

음, 예를 들자면 '햇살 같은 키스'가 있지. 우리가 선택
한 꽃병에는 보편적인 미학 규범을 이용하여 긍정적인
감정을 입히고, 긍정적인 내용을 부여하는 식이지.

어글리 666

내용이라. 꽃병 안에 넣는다는 거야, 아니면 보는 사람의
내면에 넣는다는 거야?

너츠크래커

어려운 문제로군. 헬멧 안이라고 해두지. 하지만 다 말뿐
이야. 어떤 식인지 내가 설명하는 편이 더 쉽겠어. 말하
자면 햇빛 한 줄기가 꽃병에 떨어지는 거야. 아니면 꽃병
이 시야에 들어오는 순간 허공에서 가슴을 울리는 선율
이 들려온다든가. 그와 반대되는 테크닉이 '비운과 음
울'이지. 예를 들어, 좋아하지 않는 꽃병을 볼 때는 먹구
름이 태양을 가리고 잿빛 안개가 내리고 불쾌한 소음이
들려오는 식인 거야.

오가니즘(-:

무슨 말인지 잘 알겠어. 그밖에는 또 뭐가 있지?

너츠크래커

'일곱번째 봉인'이라는 기술도 있어. 흥미를 끌거나 상
상을 자극하는 비밀스러운 표시를 써서 선택되어야 할
꽃병에 표시를 해두는 거야. 손자국을 꽃병 표면에 찍어
놓는다거나 땅 위에 꽃병을 향해 화살표를 그려놓는다
거나, 혹은 꽃병 테두리에 비둘기를 앉게 한다든가 신비
스러운 낙서를 해놓는다거나, 뭐든 될 수 있어. 이와 반

대되는 방법은 '펜 클럽'이라고 하지. 선택에서 배제하고 싶은 꽃병을 차마 입에 담지 못할 만큼 음란한 그림들로 뒤덮는 거야. 그림이 아니라 xxx면 더 좋지. 물론 어디까지나 가상이지만.

오가니즘(−:
그래도 헬름홀츠는 아무것도 눈치 채지 못한단 말이지?

너츠크래커
이용된 기술들은 단독으로 쓴다면 어떤 것이든 한눈에 충분히 알아볼 수 있는 것들이야. 하지만 기법들을 미묘한 방식으로 조합하여 항상 지각의 경계선을 넘지 않는 범위 내에서 돌아가며 적용한다면, 전혀 눈치 채지 않으면서도 백 퍼센트 정확하게 마음먹은 대로 조종할 수 있게 되지.

오가니즘(−:
알겠어. 아시아의 철도역에서 벌어지는 광경과 비슷하겠군. 승객은 자기를 속이려는 자가 사기 도박꾼이라고 생각하지만, 실은 게임을 하고 있는 모든 이들이 사기에

가담하고 있는 거지. 자기들끼리 내내 말다툼을 하고 심지어 싸움까지 벌이는 사람들까지 말이야.

너츠크래커
바로 그거야. 우리 경우에는 정문 옆의 돌로 된 아틀라스 상을 포함해서 기차역에 있는 이들 모두가 한패거리라는 점만 다를 뿐이지.

아리아드네
너 정말 똑똑하구나, 너츠크래커. 네 이야기를 듣고 나서 시를 한 수 지어봤어. 로미오와 이졸데, 이 시는 너희들에게 바칠게. 읊어볼까?

너츠크래커
해봐.

아리아드네
비운과 음울의 창유리 너머
늙은 파블로프의 암캐의 끈끈이 눈이 들러붙네.
나의 미노타우로스여! 내 방으로 살며시 기어 오려마.

눈길로 나를 유혹해주오, 대담무쌍한 나신(裸身)이여.

너츠크래커

이렇게 심금을 울리는 시는 처음이군. 그리고 헬멧 아래 머리가 없다 해도, 그는 헬멧을 벗음으로써 이미 일부나마 네 소원을 이루어주었어. 그보다 더 대담무쌍하게 자신을 드러낼 수는 없을 거야.

어글리 666

너츠크래커, 네가 한 얘기 중에서 한 가지 이해되지 않는 것이 있어. 어떻게 상대의 눈앞에 있는 것을 눈치 채지 못하게 바꿀 수 있단 말이야? 똑같은 장소를 보고 있는데 뭔가 달라졌다면 어떻게 모를 수가 있겠어?

너츠크래커

처음에는 나도 이해할 수 없었어. 하지만 헬름홀츠에게는 '변화'라는 말이 아무런 의미도 없어. 실제 생활에서 우리가 무엇을 보느냐는 어디를 보느냐에 달려 있지. 하지만 헬멧을 쓰고 있다면 얘기는 전혀 달라져. 어디를 보고 있느냐는 무엇을 보고 있느냐에 따라 결정되지. 이제 이해되나?

어글리 666
알듯 모를 듯하군.

너츠크래커
실제 세계에서는 눈앞에 있는 것을 보게 되지. 엉덩이를 어느 쪽으로 향하느냐는 중요하지 않아. 이 세계에서는 머리를 어느 쪽으로 향하든 눈앞에 있는 것을 보게 돼. xxx에서 말하곤 했던 것처럼, 그 말이 그 말인 것 같아도 사실은 완전히 달라. 독립된 좌표 체계 따위는 없어. 네가 보는 것은 전부 다 우리가 결정해. 그러니까 넌 손톱만큼의 의심도 품을 수가 없어. 너에게는 세계조차 실제로 존재하는 대로가 아니라 네 눈에 보이는 대로 존재할 뿐이니까. 넌 네가 자연스러운 태도로 주변을 돌아보고 있다고 여기지만, 실제로 네 눈은 우리의 후보, 아니, 우리 꽃병에만 계속 머물러 있어. 그 꽃병이 네게 이 빛과 행복감을 주는 거지. 하지만 넌 왜 그런지 물어볼 생각 따위는 결코 하지 않아. 왜 날이 개었는지 아무도 묻지 않는 것과 마찬가지야.

오가니즘(-:

재미있는 말실수로군.

너츠크래커

그리고 그가 머리를 너무 빨리 돌리면 '끈끈이 눈' 과 '햇살 같은 키스' 가 작동을 중지하고 '비운과 음울' 과 '무게' 가 곧바로 활동을 개시하겠지.

오가니즘(-:

좋아, 너츠크래커. 이제 네 직업이 뭔지 알겠다. 전문가로서 말해봐. 그들이 여기에서도 뭔가 비슷한 식으로 우리에게 영향력을 행사할 수도 있다고 보나?

너츠크래커

그 점은 좀 생각해봐야겠어.

어글리 666

진작부터 알고 있었던 사실이지만, 음모 이론이 종교의 자리를 대신 차지한 건 무신론자들을 위해서야. 그들은 항상 누군가 자기들을 조종합네, 최면을 걸었네, 좀비로 만들었네, 도청을 합네, 미행을 합네 그런 생각을 하지. 하지만 그 누군가란 악령일 뿐이야. 그뿐이라고. 사실 무신론이나 정신분열증이나 오십보백보야. 대개 벌써 머리가 돌아버린 작자들이나 믿는 거라고. 넌 어때, 오가니즘? 누가 너를 조종하고 있는 것 같아?

오가니즘(-:
솔직히 말하자면, 그래.

어글리 666
어떤 식으로 조종하는데?

오가니즘(-:
예를 들면, 여기 갇혀 있게 하는 거지. 아니면 이틀째 내리 팬케이크만 먹인다거나.

어글리 666
아, 그런 뜻이군. 하지만 그건 조종당한 것이 아니야. 신의 징벌이지.

오가니즘(-:

어글리, 여기에서 우리가 어떻게 조종당하고 있는지 설명해주지. 우선 애스터리스크가 머리에 쓴 것이 가상현실 헬멧이라고 가정해보자.

어글리 666

그다음에는?

오가니즘(-:

어쩌면 우리가 여기에서 보고 있는 것이 전부 다 너츠크래커가 말한 평면일지도 몰라. 똑같은 꽃병 세 개가 있지만, 그중 하나만 문제의 꽃병이고.

너츠크래커

우리가 그런 식으로 조종을 당하려면, 헬멧을 쓰고 있어야 할 텐데.

오가니즘(-:

어쩌면 쓰고 있을지도 모르지.

너츠크래커

손으로 얼굴을 만져봐. 헬멧이 느껴져?

오가니즘(-:

아니, 하지만…

몬스트라다무스

지금 그가 무얼 물어보려는지 알겠어. 헬멧을 이용해서 손에 느껴지는 감촉을 가상으로 조작해낼 수도 있지 않겠냐는 거지.

오가니즘(-:

맞아. 당연히 그런 의문을 품을 만도 하지.

너츠크래커

모든 것이 헬멧에 의해 조작된 가상현실이라면, 그건 더 이상 헬멧도 시뮬레이션도 아니야. 삶 그 자체이지.

오가니즘(-:

너츠크래커, 네가 설명하지 않은 것이 하나 있어. '끈끈이 눈'이며 '햇살 같은 키스'를 전부 조작하는 자는 누구야? 이런 것을 전부 통제하는 자가 당연히 있어야 하지 않아?

너츠크래커

물론이지. 특수 모니터를 가진 조종자가 있어. 헬름홀츠는 그의 눈에 레이더 스크린 위의 한 점으로 보이지. 그리고 꽃병은, 뭐랄까, 빨간 장사방형으로 나타날 테고. 스크린에 메뉴가 있지. 나머지는 윈도우에서와 다 똑같아. 클릭해서 드래그하기.

몬스트라다무스

클릭해서 드래그하기라. 양날 도끼를 위한 훌륭한 슬로건이군.

오가니즘(-:

그럼 어떻게 그걸 반대로 할 수 있어?

너츠크래커

무슨 말이야?

오가니즘(-:

그러니까 가상현실 헬멧은 조종자가 쓰고 있잖아. 그리고 이 조종자는 어떻게 해서든 자기가 보는 것을 남들에게도 보게 하겠지.

너츠크래커

그가 어떻게 남들한테 보여줄 수가 있어?

오가니즘(-:

최면이지.

어글리 666

역시 그럴 줄 알았어. 그 말이 왜 안 나오나 했다.

너츠크래커

최면에 대해서는 별로 아는 것이 없는데. 하지만 최면을 걸어서 자기가 보는 것을 남들도 보게 만들 수 있다면, 헬멧이 왜 필요하겠어?

오가니즘(-:

남들이 무엇을 보아야 할지 알기 위해서지.

몬스트라다무스

거기서 한 걸음 더 나아갈 수도 있어. 단지 보는 것으로 그치지 않고 실제로 그 자리에 존재하는 거야. 애스터리스크는 헬멧을 쓰고 미궁을 보고 있어. 그리고 우리 모두 이 미궁 안에 있고, 그가 우리를 조종해.

너츠크래커

그럼 우리 모두 미노타우로스의 머리 안에 있단 말이야?

몬스트라다무스

그가 보는 공간 속에 있다고 해야겠지.

너츠크래커

그러면 미노타우로스는 어디 있는데?

몬스트라다무스

아리아드네가 꿈에서 본 공간 속에 있다고 가정해야 해.

오가니즘(-:

이제 끝까지 왔군. 기억을 더듬어봐, 너츠크래커. 맨 처음에 네가 나한테 "여기가 정확히 어디냐"고 물었잖아. 처음에는 네 질문을 이해하지 못했어. 공포의 헬멧 속, 바로 거기야.

너츠크래커

그건 말이 안 돼. 한편으로는 미노타우로스가 우리 모두를 조종하고 있지만, 또 달리 생각하면 그는 머리가 없잖아…… 하지만 이 특별한 경우는 제쳐두고, 나는 전문가로서 다시 한번 모든 문제가 바로 거기에서 비롯된다는 사실을 증명할 수 있어.

오가니즘(-:

당연히 그럴 테지. 이 애스터리스크한테는 헬멧 속에 태양열 배터리를 장착한 싸구려 솥이 있으니까. '햇살 같은 키스'는 어디다 쓰고 '일곱번째 봉인'은 어디다 쓸지 그가 어떻게 결정할 수 있지?

몬스트라다무스

자동으로 결정되는 거야. 희망의 거품이 공포의 헬멧 중 어느 부위에서 터지는가에 달려 있겠지.

오가니즘(-:

하지만 햇살이나 비둘기를 보는 사람은 애스터리스크가 아니라 바로 나잖아. 더이상은 도통 모르겠어. 누가 공포의 헬멧을 쓰고 있다는 거야? 나야 미노타우로스야?

너츠크래커

헬름홀츠.

몬스트라다무스

우리는 헬멧에 대해 이미 너무 오래 얘기했어. 계속 이리 저리 찌르고 또 찔러보는 기분이야. 머잖아 머리에 찰싹 달라붙어 영영 떠나지 않게 될 거야. 화제를 좀 바꿔보자.

오가니즘(-:

아주 좋은 생각이야. 그렇게 해보자. 방금 막 한 가지 생각이 떠올랐어. 〈스타워즈〉가 어째서 세번째 에피소드

다음에 올 내용을 영화로 만들지 않고 첫번째 에피소드 앞의 내용을 다룬 그런 기묘한 속편을 냈는지 이상하다고 생각한 적 없어?

몬스트라다무스
어째서인데?

오가니즘(-:
세번째 에피소드 끝에서 다스베이더가 죽잖아. 그게 〈스타워즈〉 전체의 결말인 거야. 다스베이더가 그 세계의 미노타우로스고, 그가 머리에 뒤집어쓴 시커먼 게 공포의 헬멧이라면, 더는 나올 얘기가 없잖아. 루크 스카이워커고, 로봇들이고, 츄바카고 뭐고 전부 다 그가 생각해낸 것이니까. 그러니까 그가 살해당한 뒤로는 이야기가 계속될 수 없어.

몬스트라다무스
하지만 다스베이더는 죽기 전에 헬멧을 벗었어. 그 밑에는 흉터투성이라는 것만 빼면 평범한 머리가 있었고.

오가니즘(-:

그래. 하지만 그건 환상일 뿐이야.

너츠크래커

맞아, 오가니즘. 정말 심오하군. 그렇다면 철가면도 또다른 미노타우로스야. 그들이 철가면을 사드 후작의 손에 넘겨 타락하게 만들면서 비로소 혁명이 시작된 거야. 그는 xxx의 고통으로 말미암아 왕정주의 국가 프랑스를 더이상 생각할 수 없게 되었거든.

로미오-이-코히바

이졸데, 거기 있어?

이졸다

응.

로미오-이-코히바

나, 돌아왔어. 여기는 어때?

이졸다

뭐 별것 없어. 너츠크래커가 모두에게 정치 얘기를 하던 중이었어. 그리고 난 지금 막 베르사유에서 돌아온 참이고.

몬스트라다무스

너츠크래커, 프랑스 왕당파 얘기인데 말이야. 너도 알고 있겠지만, 사드 후작은 사실 그리 끔찍한 존재는 아니었더군.

로미오-아-코히바

내가 있는 곳은 너무 단조로워. 덤불, 굽은 길, 덤불, 갈랫길, 굽은 길, 그런 식으로 끝없이 계속될 뿐이야. 길은 폭이 6피트쯤 돼.

이졸다

미터로 환산하면 얼마인데?

로미오-아-코히바

2미터야. 미로에 갇힌 생쥐가 된 기분이야. 가다가 문득

이만하면 갈 만큼 가봤다 싶어서 울타리를 기어 올라가 보려고 했지. 될 것도 같았는데. 덤불에 강화 콘크리트에 넣는 쇠그물망 같은 철조망을 쳐놓았어. 덤불 높이를 어쩌면 그렇게도 고르게 맞춰놓았는지 신기할 지경이었다니까!

이졸다

그 미궁은 내 정원으로 통하는 것이 틀림없어. 네가 끝까지 가지 않았을 따름이지. 우리는 같은 땅 위에 있어. 베이지색 땅.

로미오-아-코히바

나는 계속 오른쪽으로만 돌았어. 우습지. 내 어린 시절의 한 장면이 기억났던 거야. 뭐랄까, 오래 잊혀졌던 따스한 빛이 비추자 가장 중요한 답을 감추고 있던 기억이 환하게 드러나는 것 같았어. 언제 읽었는지 기억도 나지 않는 모험 이야기책들이 생각났어. 책에서 어떤 미궁에서든 계속 오른쪽으로만 돌면 빠져나갈 수 있다고 했거든. 그래서 시험해보기로 했지. 제대로 맞았던 것 같아. 어쨌든 흥미로운 것을 발견했거든. 네 개의 분수 중 하나를 보았어. 아주 멀리 떨어져 있기는 했지만.

이졸다
그럼 그 얘기를 해봐.

로미오-이-코히바
미궁 어느 곳엔가 작은 벤치가 있어. 공원에 가면 널려
있는 흔하디흔한 벤치야. 그 위에 기어 올라가 등판 위에
섰더니 덤불 위 가장자리와 눈높이가 맞더군. 한쪽에는
허공으로 뿜어져 올라가는 물줄기가 보였고, 다른 쪽으
로는 숯검댕으로 뒤덮인 듯한 검은 지붕 비슷한 것이 보
였어. 지붕은 너무 멀리 있어서 알아보기가 힘들었지. 물
줄기는 참으로 기묘했어. 공중으로 뿜어져 올라갈 때는
한 줄기인데 떨어질 때는 여러 줄기였거든. 어쩌면 착시
현상이었을지도 모르지.

이졸다
아니야, 네가 본 것이 맞아. 나도 그 분수를 알아. 청동상
도 있지. 뱀하고…… 뭐라고 부르는지는 잊었지만, 등뼈
가 긴 돼지 비슷한 동물이랑.

로미오-이-코히바

호저* 말이군.

이졸다

그래, 그거야. 호저가 청동으로 된 나무 그루터기에 앉아 있고, 마치 그 짐승이 끔찍한 공포에 질려 떨고 있는 것처럼 그루터기에서 온 방향으로 물이 흘러나오지. 그리고 뱀이 그루터기를 감아 올라가면서 하늘 높이 뿜어 올린 물줄기가 세 줄기로 갈라져서 비처럼 호저와 주변에 온통 물을 뿌리고 있지. 기가 막히게 아름다운 분수야. 처음에 보았을 때는 그 옆의 물보라에 작은 무지개가 걸려 있었어. 그 순간 그 분수에 홀딱 반해버렸지 뭐야. 사실 물줄기는 세 개야. 수압이 각각 다른 거지. 꼭지가 뱀의 입속에 서로 바짝 붙어 설치되어 있어서 마치 허공으로 한 줄기가 뿜어져 올라가서 세 개의 줄기로 떨어지는 것처럼 보이는 거야. 네 손목에 있다던 석유와 요트 클럽 문신이 떠올랐어. 덤불 위에 보이는 물줄기도 세 줄기로 나뉘어 있어?

---

* 몸과 꼬리의 윗면이 가시털로 덮인 동물로 '산미치광이'라고도 한다.

로미오-이-코히바

응, 그런 것 같아.

이졸다

확실하지는 않은 거야?

로미오-이-코히바

벤치에 올라가서 등판 위에 서면 물줄기와 집의 지붕이 보여. 하지만 그리 오래 서 있을 수는 없어. 몸이 앞뒤로 휘청거려서 균형을 잃고 뛰어내려야 하거든. 그래서 자세히 볼 수가 없어. 하지만 그게 같은 분수라면 네가 그 옆에 서면 내 미궁이 보일 거야.

이졸다

뱀과 호저가 있는 분수 옆에는 높은 울타리가 있어서 그 뒤에 무엇이 있는지 보이질 않아. 울타리가 너무 길어. 울타리를 따라 조금 걸어봤는데, 덤불이 공원을 거의 다 둘러쳐서 막고 있어. 내 생각에는 그것이 네 담이 틀림없어.

로미오-이-코히바

네가 그 울타리를 따라 걸어갔다면, 한순간이나마 우리가 불과 십여 피트 떨어진 거리에 있었을지도 몰라. 나도 그 울타리 곁에 있었으니까. 사실 그건 틀림없이 바깥 울타리였을 거야. 첫째로 덤불에서 딱 그 장소만 가시철조망이 한 줄이 아니라 두 줄이었고, 두번째로 물 떨어지는 소리를 분명히 들을 수 있는 곳이 한 군데 있었거든. 아, 그건 그렇고, 물소리가 들리는 곳 옆 덤불에서 긴 벽이 튀어나와 있어. 어떤 건물의 뒷면 같아. 분홍색과 금색의 큐피드들이 조개껍데기를 나팔처럼 부는 모습이 그려져 있어. 네가 있는 곳에도 그런 것이 있어?

이졸다

분수 오른편으로 단층 건물이 하나 있어. 아주 크다는 점만 빼면 정원 손질용 도구들을 보관해두는 별채처럼 생겼어. 건물 뒤쪽은 높은 울타리에 묻혀 보이지 않아. 하지만 큐피드는 전혀 못 보았어.

로미오-이-코히바

안으로 들어가볼 수 있어?

이졸다

문이 잠겨 있어. 네 벽에도 문이 있니?

로미오-이-코히바

응.

이졸다

열려 있어?

로미오-이-코히바

실은 시도해보지 않았어. 잠시 그 옆에 서 있는데 갑자기
확 겁이 나지 뭐야. 관자놀이에서 맥박이 쿵쿵 뛸 정도였
다고. 난 절대 겁쟁이가 아닌데도 갑자기 그랬어. 그럴
만한 이유도 전혀 없었는데 말이야. 그 안에 뭐가 있을지
누가 알랴 싶더라고. 미노타우로스라도 있으면 어떡해?

:-)))

어글리 666

너츠크래커, 라틴어 알아?

너츠크래커

원로원과 로마 시민들. P–Q–R–S. 아니, 알파벳이랑 헷갈렸네. 로마인들이 썼던 건 S–P–Q–R*이지.

몬스트라다무스

라틴어는 왜 찾아, 어글리?

어글리 666

단어 좀 몇 개 해석할까 해서.

몬스트라다무스

내가 한번 해볼게.

어글리 666

'aiselceclesia' 가 뭐야?

몬스트라다무스

모르겠는데.

---

* Senatus Populus-Que Romanus의 약자. '원로원과 민회'를 의미함.

어글리 666

그럼 'ieselceaeclesi' 는?

몬스트라다무스

그것도 모르겠어. 라틴어가 맞기는 한 거야?

어글리 666

아니면 뭐겠어?

몬스트라다무스

그것으로는 부족해. 문장 전체를 다 읽어주겠어?

어글리 666

아주 길어.

몬스트라다무스

그럼 단어 몇 개만이라도.

어글리 666

이렇게 시작해. "aiselceclesia ieselceaeclesi selceataecles

elceatctaecle".

몬스트라다무스

됐어, 이제 충분해.

어글리 666

무슨 뜻이야?

몬스트라다무스

재촉하지 마. 생각할 시간 좀 달라고.

너츠크래커

그게 어디에서 나온 거야, 어글리?

어글리 666

미궁에서.

너츠크래커

네 문 바깥에도 미궁이 있어?

어글리 666

미궁이 아니면 뭐가 있겠어?

너츠크래커

카타콤*.

몬스트라다무스

놀리지 마, 너츠크래커.

어글리 666

카타콤은 신앙의 요람이었지. 주께서 내려주신 훌륭한
약속이었을 텐데.

너츠크래커

아까는 벤치로 가득 찬 강당이 있다고 했잖아. 이제 와서
난데없이 미궁이 있다니.

---

* 초기 기독교 시대의 비밀 지하 묘지. 로마 황제의 박해를 피해 죽은
사람을 그곳에 매장하고 예배를 보기도 했다.

어글리 666

얌전히 찌그러져 있지 그래, 너츠크래커. 정말 있다니까.
좀 알겠어, 몬스트라다무스?

몬스트라다무스

단어들이 기둥에 위아래로 씌어 있었나?

어글리 666

맞아.

몬스트라다무스

가운데 씌어진 것을 타이핑해줄 수 있어?

어글리 666

무슨 소리야? 어느 것?

몬스트라다무스

그쪽이 더 쉽다면 맨 위에서 일곱번째 것으로.

어글리 666

Eatcnasanctae.

너츠크래커

나사를 먹어라. 다른 인용문들은 무슨 소리인지 하나도 모르겠군.

몬스트라다무스

그걸 어디에서 찾았어?

어글리 666

그 얘기는 정말로 하고 싶지 않아.

몬스트라다무스

비문(碑文) 전체를 내가 되살려준다면 어쩔래, 그러면 말해줄 테야?

어글리 666

그렇게만 해준다면, 좋아.

몬스트라다무스

내용은 이래.

A I S E L C E C L E S I A I S E L C E A E C L
E S I S E L C E A T A E C L E S E L C E A T
C T A E C L E L C E A T C N C T A E C L C
E A T C E A N C T A E C E A T C N A S A
N C T A E C E A T C N A N C T A E C L C
E A T C N C T A E C L E L C E A T C T A E
C L E S E L C E A T A E C L E S I S E L C E
A E C L E S I A I S E L C E C L E S I A

어글리 666

맞아. 어떻게 알았지?

몬스트라다무스

도미누스 일루미나티오 메아.

어글리 666

그게 무슨 뜻인데?

몬스트라다무스

주님은 나의 빛.

어글리 666

내 말은 내 비문이 무슨 뜻이냐고?

몬스트라다무스

글쎄, 네 생각은 어때?

어글리 666

난 무슨 소리인지 하나도 모르겠어. 거기에 무슨 의미가
있어?

몬스트라다무스

네가 어디에서 찾아냈는가에 따라 의미가 판이하게 달
라질 수도 있어. 그러니까 솔직하게 다 털어놓으라고.

어글리 666

좋아. 내 문 밖에는 정말로 벤치들이 있는 홀이 있어. 처
음에는 제대로 보지 못했어. 하지만 그다음에 봤을 때

는…… 네가 나를 믿어줄지 모르겠어, 몬스트라다무스.

몬스트라다무스

한번 믿어보지.

어글리 66

대성당이 있어. 고딕양식의 대성당.

너츠크래커

방금 전에는 미궁이 있다고 했잖아.

어글리 666

미궁도 있어. 대성당 안에 말이야. 그리고 미궁으로 들어
가는 입구 앞쪽의 바닥에 또다른 라틴어 비문이 있어.

HVNC   MVNDVM   TIPICE   LABERINTHVS
DENOTAT ISTE:
INTRANTI LARGVS, REDEVNTI SED NIMIS
ARTVS SIC MVNDO CAPTVS, VICIORVM MOLLE
GRAVATVS VIX VALET AD VITE

156

DOCTRINAM QVISQVE REDIRE.

몬스트라다무스

그 의미는 대충 이런 거야. '미궁은 우리가 살고 있는 세계를 상징한다. 입구는 넓고 출구는 좁다. 속세의 쾌락에 사로잡히고 죄의 무게로 괴로워하는 인간은 고난을 통해서만 삶의 진리를 재발견하리라.' 내게 삶의 진리가 무어냐고 묻지는 말아줘. 정말 입구는 넓고 출구는 좁디?

어글리 666

출구고 입구고 전혀 없던걸. 미궁 전체가 연푸른색 대리석으로 된 대성당 바닥에 그려져 있었거든. 그냥 모자이크였다고.

너츠크래커

연푸른 대리석 같은 것이 있다고?

어글리 666

그렇다니까.

너츠크래커

그런데 대성당 안에 웬 미궁이야?

어글리 666

첫번째 성당 참사회원의 말에 따르면, 미궁은 그 교회와 다른 많은 것들의 일부래. 미궁이 기독교인의 길이 얼마나 복잡한가를 보여주기 때문이라더군.

너츠크래커

첫번째 성당 참사회원이라고?

어글리 666

그래. 하지만 두번째 성당 참사회원은 기독교인의 길이 화살처럼 단순하고 곧게 뻗어 있다며 반론을 제기했어. 이리저리 꼬이고 돌고 막힌 미궁은 죄를 상징한다는 거야. 타락한 영혼은 절망에 빠져 그 속에서 길을 잃고 방황하게 되지. 그러자 첫째 참사회원이 죄는 일직선으로 곧게 뻗은 기독교인의 길에서 일어나는 뒤틀림이라는 점에서 본질적으로는 같은 얘기라고 대답했어. 하지만 생명의 길이 아무리 굽어 있다 해도, 그 길을 걷는 자가 교회의 품속에 머무는 한 선악의 단순한 산술은 적용되지 않아. 더 고차원적인 영혼의 수학이 작동하지.

너츠크래커

이제 두번째 참사회원도 이해됐어.

몬스트라다무스

더 고차원적인 수학이라는 건 뭐야?

어글리 666

삶이 처음부터 끝까지 구부러지고 꼬여 있다 해도, 성물을 배령한 자는 자신의 길에 곧은 부분이 아무리 조금이라도 결코 그것을 놓치지 않을 거야. 자기 길에 한 군데라도 곧은 부분이 있다면 어느 순간 그 길은 곧은길이 되는 셈이고, 어느 순간에 곧은길이라면 항상 곧은길인 셈이야. 주께서도 그의 영혼을 내치지 않으실 거야. 아무리 깊은 타락의 골짜기에서라도 우리를 건져올려줄 수학적인 날개를 키우는 셈이지.

너츠크래커

그 성당 참사회원들은 누구야? 네가 누군가를 만났단 말이야?

어글리 666

성당 참사회원이 두 명 있었어. 제단 옆에 무릎을 꿇고 기도하고 있더군. 내 기적을 느끼고 나한테로 와서 설명해주고 가르침을 주었어.

너츠크래커

그 사람들 얘기 좀 해줘봐.

어글리 666

그들은 아주 먼 옛날 사람들의 믿음이 깊었던 시절에는 신부가 회개하는 죄인을 성지로 순례 보낼 수 있었다고 했어. 세월이 흘러 믿음이 약해지기 시작하자…

너츠크래커

가르침 말고, 그 성당 참사회원들에 대해서 말해달라고. 무슨 말인지 못 알아듣겠어? 너 외에는 여기 누구도 다른 사람을 만난 적이 없단 말이야.

몬스트라다무스

아리아드네도 있잖아?

너츠크래커

그녀는 꿈을 꾸었을 뿐이지. 그 차이를 꼭 말로 설명해야
돼?

몬스트라다무스

그래, 설명해줘, 너츠크래커.

너츠크래커

꿈과 현실의 차이도 몰라?

몬스트라다무스

두 이야기 사이에 무슨 차이가 있는지 모르겠어.

너츠크래커

하나는 꿈이고 하나는 실제로 있었던 일이라는 점이 다

르지.

몬스트라다무스

하지만 내 눈에 보이는 것이라고는 스크린에 뜬 글자뿐
인걸.

너츠크래커

다시는 그딴 소리 꺼내지 마. 사람 진 빠지게 만드네. 어
글리, 거기 있어?

어글리 666

응.

너츠크래커

그 성당 참사회원들 말인데, 어떻게 생겼어?

어글리 666

키는 중키 정도였어. 다 해진 카속*을 입고, 머리에는 챙

---

* 성직자가 입는 긴 검정색 겉옷.

이 넓은 구식 추기경 모자를 썼어. 성당 참사회원들 말로는 원래는 신성한 수도원장의 모자인데, 감정을 다스리는 데 도움이 된다더군. 두번째 성당 참사회원은 결투하는 사람처럼 모자챙을 한쪽으로 접어 올렸어. 『삼총사』에 나오는 아라미스 같았어. 처음에는 평범한 죄인이었다가 나중에 예수회의 총회장이 된 사람 말이야.

몬스트라다무스
왠지 아리아드네가 맨 처음에 보았다던 두 난쟁이랑 비슷하게 들리는데.

너츠크래커
내 생각도 그래. 하지만 그들은 난쟁이였고, 이 두 사람은 중키라잖아.

몬스트라다무스
어글리, 너 키가 몇이야?

어글리 666
그건 알아서 뭐 하게?

너츠크래커

아니야. 그냥 넘어가자. 어글리, 그들의 얼굴을 봤어?

어글리 666

아니. 그들은 수도사나 종교인답게 머리를 숙이고, 모자
챙으로 얼굴을 완전히 다 가리고 있었어.

너츠크래커

그럼 목소리는 어땠어?

어글리 666

겸손하고 진지했어.

너츠크래커

무슨 말을 했어?

어글리 666

말하려던 참이었는데 가로막았잖아. 영광스러운 십자군
원정 시대, 특히 고드프루아 드 부이용*이 승리를 거둔
후, 순례자들은 참회하기 위해 걸어서 주의 무덤까지 순

례를 했대. 나중에 믿음이 점점 더 약해지고 인간의 영혼
이 그만큼 위대한 노력을 기울일 힘을 잃게 되자, 순례지
는 수도원과 사원으로 옮겨졌어. 사람들은 거기 가서 자
기 지역의 성인에게 참배를 드리게 되었지. 사람들의 신
앙심이 너무나 약해져서 그마저도 하기 힘들어지자, 리
그로 가서 속죄를 하라는 명이 내려졌어.

너츠크래커

리그**라고?

어글리 666

그래. 교회 미궁을 일컫는 옛날 이름이야. 미궁의 길이가
대충 1리그 정도여서 붙은 이름이야. 내 앞에 있던 미궁
은 훨씬 짧았지만. 이 미궁을 무릎으로 기어서 통과해야
해. 세계의 종말 직전에 올 최후의 쇠퇴기에 대비하여 벽
에도 미궁이 준비되어 있었어. 손가락으로 길을 따라가

---

* 프랑스 귀족 출신으로 제1회 십자군 원정 때 4만 명의 군사를 거느
리고 참가하였으며 예루살렘을 공략하여 이스라엘 왕국의 기초를 쌓
아 군주로 선출되었다.
** 1리그는 약 5. 556킬로미터에 해당.

게 되어 있는 정말로 작은 것들이었지. 자기 영혼을 위해 시간을 아주 조금만 내고 싶은 사람들을 위한 것이야. 하지만 이와는 반대로 영원히 회개할 수 있도록 끝없이 길게 이어진 미궁도 있어. 로마의 교회에 있는 미궁이 좋은 예지. 첫번째 성당 참사회원이 내게 그 미궁의 도면을 보여주었어.

몬스트라다무스
그 사람은 대화 준비를 잘 해두었군.

어글리 666
준비해둔 게 아니야. 대성당의 기둥과 벽에 미궁의 도면이 그려져 있었는걸. 사실 모두 도면으로 뒤덮여 있었어. 트라스테베레의 성모 마리아 대성당에 있는 미궁은 무수히 많은 원이 안으로 차곡차곡 포개어진 형태야. 마치 사격 연습용 과녁판 같아. 모든 미궁 중에서 가장 신비스러워.

몬스트라다무스
가장 신비스러운 미궁은 내 거라고. 잠깐만 들어와보라니까.

어글리 666

두번째 성당 참사회원의 설명에 따르면, 이 원들의 의미는 영혼이 자신의 소망으로 주께 다가가기란 달이 갑자기 지구로 더 가까이 가겠다고 마음먹는 것만큼이나 무망(無望)하다는 뜻이라는군. 영혼은 주께서 자기를 보낸 그 평면 위에 영원히 머물 수밖에 없어. 자신의 의지로써가 아니라 오로지 주의 은총으로써만 주께 다가갈 수 있는 거야. 주의 은총은 교회의 존재를 통해 표현되지. 바로 교회가 우리가 얘기했던 수학적인 날개를 우리에게 빌려주는 거야. 그 날개가 없으면 행성처럼 주의 주변을 맴돌 수밖에 없어. 죄는 우리를 주로부터 끌어내려 하는 원심력이야. 하지만 신의 사랑은 인력과도 같아서 우리를 당신께 끌어당기지. 이 힘들이 서로 균형을 이루는 덕에 영혼이 이 지상에 거할 수 있어.

너츠크래커

그러면 주님은 죄인들을 더 많이 사랑하시는 거겠네?

어글리 666

어째서?

너츠크래커

죄가 클수록 원심력도 더 강해질 거 아냐. 궤도를 이탈하지 않으려면 신의 사랑도 균형이 맞도록 더 커져야지.

어글리 666

그건 가족들 사이에서도 있는 일이잖아. 제일 심한 말썽꾸러기들이 가장 많은 사랑을 받지.

너츠크래커

그렇다면 주님의 사랑을 받고 싶으면 힘닿는 데까지 별더러운 짓을 다 해야겠네?

어글리 666

논리상으로는 그렇지. 하지만 주께서 실제로 어떤 원칙에 따라 움직이시는지는 잘 모르겠는걸.

너츠크래커

좋아, 그건 넘어가자. 다음에는 어떻게 됐어?

어글리 666

다음에? 두번째 성당 참사회원은 팔짱을 끼고 침묵에 빠져 겸허히 그늘 속에 물러나 있었어. 나는 첫번째 사람과 팔짱을 끼고 대성당을 이리저리 거닐면서 다양한 영적 미궁의 도면들을 자세히 살펴보았지. 참사회원은 그것들의 기능과 상징적 의미를 나직이 설명해주었어. 푸아티에 대성당의 미궁이 특히 아름답더군. 가지를 왕관처럼 쫙 펼친 나무의 형상이었는데, 하나의 문이 입구와 출구의 기능을 동시에 하도록 되어 있었어. 정중앙에서 길이 두 갈래로 갈라지기 때문에 그런 식이 되는 거지. 반씩 나뉜 양쪽은 꼬이고 얽혀서 각각 나무의 왼쪽과 오른쪽을 이루고 있어. 성당 참사회원은 그것이 생명의 나무라고 했어. 미궁의 의미는 우리가 벌거벗은 채 빈손으로 삶으로 들어가서 같은 문을 통해 나온다는 것이래.

너츠크래커

그러면 네가 우리더러 번역해달라고 했던 내용, 그 비밀 메시지가 담긴 비문은 어디에서 나온 거야?

어글리 666

알제리에 있는 고대 바실리카에서.

몬스트라다무스

거기에도 미궁이 있어?

어글리 666

그럼. 성스러운 비문이 있는 중앙의 광장을 미궁이 둘러
싸고 있어. 성당 참사회원이 나더러 그 내용을 전부 베끼
라고 하면서 그 비문 속에 비밀이 숨겨져 있다고 자신 있
게 말하더군. 내가 열쇠를 가지고 있으면 그것을 읽을 수
있게 될 거랬어. 그와 마찬가지로, 참된 믿음과 함께 오
는 지혜가 나로 하여금 창조의 심원한 의미에 눈뜨게 하
는 순간, 비로소 현세의 인간과 사물의 예정된 목적을 이
해할 수 있게 될 거래. 그 지혜의 문을 여는 열쇠는 비문
의 비밀을 푸는 열쇠와 똑같은 것이랬어. 또 테세우스에
관한 헛된 잡설에 현혹되지 말라는 말도 했어. 자기가 다
알고 있대. 조만간 진짜 테세우스는 그가 섬기는 단 한
분이라는 것을 내 눈으로 확인하게 될 거랬어. 여기까지
야. 몬스트라다무스 아직 있어?

너츠크래커

나중에. 네 얘기나 계속하자.

어글리 666

그가 번역해줄 때까지는 더 얘기하지 않겠어.

너츠크래커

몬스터, 있나? 어글리를 위해서 번역 좀 해줘봐.

몬스트라다무스

핵심은 문자를 배열하는 방식에 있군. 프랑스어로 하자면 죄-드-레트르*지.

어글리 666

네가 성당 참사회원이 말한 비문을 푸는 열쇠를 갖고 있단 말이야?

---

* jeu-de-lettres. 문자놀이라는 의미.

몬스트라다무스

물론이지.

어글리 666

그게 뭔데?

몬스트라다무스

십자가야.

어글리 666

주여! 뜻이 이루어지이다!

몬스트라다무스

그래. 정중앙에서 시작해야 해. 거기에서 S자를 찾아서 S자에서 나오는 십자 방향으로 따라가는 거야. 십자가의 어느 쪽으로든 오른쪽 십자 끝에서 뻗어나온 줄을 따라 글을 읽어보면 SANCTA ECLESIA라는 문구가 되는데, 틀린 데가 있기는 하지만 '신성한 교회'라는 의미가 돼.

어글리 666

비문 철자가 틀렸다는 거야? 아니면 그 비문이 신성한 교회가 범한 실수를 언급하고 있다는 거야?

몬스트라다무스

내 말은 교회라고 쓰려면 단어에 C가 두 개 들어가야 한다는 거야. 하지만 옛날 사람들은 두 개는 너무 많다고 생각했나보지 뭐.

너츠크래커

그래서 또 어떻게 됐어, 어글리?

어글리 666

잠깐만 좀 있어봐. 그 문자들과 관계가 있는지 생각 좀 해보게. 정말 그렇군. 이렇게 깊은 뜻이! 이제야 성당 참 사회원이 무엇을 말하려고 했는지 알겠어, 몬스트라다무스. 이 세계는 무의미한 부조리와 수수께끼의 집합체로 남을 거야. 우리는 신성한 교회의 가르침을 얻을 때까지 어둠 속을 정처 없이 방황하게 될 테고. 하지만 그 가르침을 얻으면, 신성한 십자가가 삶의 미궁 한가운데에서 어둠을 밝혀줄 거야. 그 순간 모든 사물 속에 숨겨져 있던 충만한 의미가 모습을 드러내겠지! 세계는 기적처럼 바뀌고, 혼돈과 광기 속에서 사물의 조화로운 체계가 출현하게 될 거야. 어느 쪽으로 눈을 돌리든 사방에 주님을 찬미하는 모습이 보일 거야! 내 말이 맞지, 몬스트라다무스?

몬스트라다무스

맞다마다. 게다가 주의 영광스러운 광휘가 들려오겠지.

너츠크래커

아멘. 그래서 그다음에는 어떻게 됐어?

어글리 666

성당 참사회원이 바닥에 그려진 미궁으로 나를 이끌더니 이렇게 말했어. "내 딸아, 내가 섬기는 분께서 원하노니 리그로 걸어가 회개하여라." 나는 무릎을 꿇고 기어가기 시작했어. 성당 참사회원이 그런 식으로 미궁을 도는 동안 살면서 했던 일 하나하나를 정신을 모아 묵상해야 한다고 일러주었어. 그리 애쓸 필요도 없었어. 제단 옆의 격자를 힐끗 보기만 해도 내 어린 시절의 영상이 풍선처럼 내면의 눈앞에 떠오르기 시작하면서 마술처럼 내 주변의 광경이 바뀌었으니까. 시간이 흐를수록 자꾸만 더 깊이 과거 속으로 빠져들어갔어. 높디높은 둥근 천장에 닿도록 솟아오른 웅장한 기둥들은 내가 태어나서 첫 몇 년을 보냈던 xxx의 공원에 있던 라임 나무들의 모습으로 바뀌었어. 그렇게 먼 옛날에는 그 나무들이 지금 기둥들만큼 나한테 어마어마하게 커 보였던 것도 무리가 아니지. 벽감(壁龕)에서 나를 쳐다보는 성인들의 상(像)은 내가 어린 시절부터 보아온 어른들의 얼굴이었어. 그중에는 엄격한 얼굴도 있고 너그러운 얼굴도 있지만, 그들은 나에 대해 속속들이 다 알면서도 모두가 한결같이 나를 사랑해주었어. 그러다가 길모퉁이가 나타나자 나는 다른 방향으로 걷기 시작했어. 아니, 기어갔다는 표현이 낫겠군. 이제 내 젊은 시절의 기억이 떠올랐어. 목사님의 설교단을 장식하고 있던 돌로 된 뱃사공이 생명을 얻어 내 기억의 강을 건너왔어. 그러고는 내 삶의 짧았던 봄날, 단 하나뿐이었던 친구로 변했지. 그는 우리가 서로에게 영원한 사랑을 맹세했던 xxx의 호수에서 보았던 그 모습 그대로였어. 다시 또다른 모퉁이를 돌자 그는 죄에 휩쓸려 망각 속으로 사라져갔고, 더는 내가 모르는 사람이 되었어. 알고 싶지도 않았고. 하지만 또 한번 모퉁이를 돌자 성숙의 시간이 왔어. 내 스타킹은 닳아서 구멍이 뚫렸고, 무릎은 다 긁혔지만 아픈 줄도 몰랐어. 참회와 희망의 눈물이 내 뺨을 타고 흘러내렸어. 그러자 주께서 내게 말씀을 주셨어, 그래 그랬어! 작은 기적이 일어난 거야. 어찌 된 일인지는 모르겠지만. 내 방으로 돌아왔을 때 어둠 속에서 나중에야 그 사실을 깨달았어. 내가 미궁을 따라 돌 때, 미궁 안에서 어느 쪽으로 돌아도 항상 스테인드글라스 창 가득히 쏟아지는 햇빛에 빛나는 십자가에 매달린 예수님 상을 볼 수가 있었어. 루비, 에메랄드, 사파이어로 빛나는 상을 말이야!그 천상의 광채에 얼마나 마음이 행복하고 밝고 평온해지던지, 울면서 노래하고 싶었어. 울고 노래하고…

너츠크래커

그리고?

어글리 666

울고 노래하고.

너츠크래커

그게 다야?

어글리 666

응, 그게 전부야. 미궁을 따라 기어가는 내내 성당 참사 회원들은 더는 보이지 않았어. 대성당에서 나와 보니 내 방이었어.

너츠크래커

그러면 지금 대성당으로 다시 돌아갈 수 있어?

어글리 666

지금은 문이 잠겨 있어.

너츠크래커

어느 틈에 잠겼을까?

어글리 666

나도 모르지.

너츠크래커

아리아드네처럼 꿈꾼 것이 아닌 건 확실해?

어글리 666

그럼, 확실해. 성당 참사회원이 나에게 묵주를 주었어. 내 손에 지금도 쥐고 있는걸. 이젠 좀 쉬어야겠어.

몬스트라다무스

그러럼, 어글리. 좀 쉬어. 그런 일을 다 겪은 후이니 쉬는 게 좋을 거야.

너츠크래커

재미있는 크로스워드 퍼즐이군. 하지만 신비주의의 관점에서, 삶의 미궁 정중앙에 S자가 있다는 것을 어떻게 설명할래?

몬스트라다무스

다른 사람들은 몰라도 너는 확실히 알고 있어야 하잖아, 너츠크래커.

너츠크래커

어째서?

몬스트라다무스

너도 가운데 똑같은 문자가 있잖아. 그렇게 하니까 정말
근사하게 보이는데.

너츠크래커

어디에? 오, 거기 말이군. 조정자가 또 장난치는 거야.
그걸 염두에 두고 한 말이라면, 내 노고에 대한 보수로는
너무 보잘것없어서 모욕이라고 해야겠군.

로미오-아-코히바

이졸데, 벌써 돌아왔어?

몬스트라다무스

여기야, 로미오.

로미오-아-코히바

그럼 넌 이졸다인가?

너츠크래커

오늘 코히바는 기분이 영 별로군.

몬스트라다무스

난 이 말이 마음에 들었어. "시간이 갈수록 과거 속으로 자꾸만 더 깊이 빠져들어갔다."

너츠크래커

그래, 나도 그 구절이 인상적이었어.

몬스트라다무스

시적(詩的)이야. 날마다 우리는 과거 속으로 자꾸만 더 깊이 미끄러져 들어가. 슬로 모션 화면에서 물 속으로 가라앉는 잠수부처럼 과거 속으로 사라지는 거야. 젊은이와 늙은이를 나란히 놓으면 그 사이에 무슨 차이가 있을까?

너츠크래커

하나는 늙고 하나는 젊다는 거.

몬스트라다무스

그래, 하지만 그게 무슨 뜻이지? 늙은이는 이 세상에 아주 작은 일부만 남아 있고 망각의 강 레테 속에 거의 완전히 잠겨 있어. 하지만 젊은이는 아직 여기에 있지. 수면에 살짝 발만 댄 채로 말이야. 그렇지 않아?

너츠크래커

모르겠군. 요즘 같으면 언제든 양쪽이 다 같이 가라앉을 수도 있겠지. 또 수면 위에 올라온 부분이 얼마나 되느냐도 나이보다는 돌풍의 세기에 더 많이 좌우될 테고.

몬스트라다무스

그 말도 일리가 있군.

너츠크래커

네가 마음에 든다는 구절 얘기를 하자면, 내 생각에는 어글리가 공포의 헬멧을 생각하고 있었다고 봐. 미래는 과거로부터 나오는 법이니까, 우리가 미래를 향해 나아갈수록 미래를 빚어낼 과거가 더 많이 필요하게 되지. 왜 별까지 닿으려면 구덩이를 더 깊이 파야 한다는 말도 있잖아…

로미오-이-코히바

이졸데, 거기 있어? 이졸데!

너츠크래커

그리고 그림을 완성하려면, 과거의 방울들이 '끈끈이
눈'과 '햇살 같은 키스'를 동시에 가동시키고 있는 헬멧
안에서 터지고 있으면 되는 거고.

어글리 666

뭐라고?

몬스트라다무스

아직 있었어, 어글리? 신경 쓰지 마, 그가 농담한 거니까.

어글리 666

너한테 말하지 말 걸 그랬어.

몬스트라다무스

기분 나빠하지 마, 어글리.

어글리 666

이젠 너한테는 한마디도 안 할 거야.

몬스트라다무스

미안하다고 해, 너츠크래커.

너츠크래커

왜 그래야 하는데?

몬스트라다무스

제발, 미안하다고 그래.

너츠크래커

좋아. 미안해, 어글리.

어글리 666

신께서 너를 용서하시기를.

이졸다

로미오, 어디 있어? 나 돌아왔어.

로미오-이-코히바

슬슬 걱정이 되던 참이었어. 무슨 일이 있었는지 얘기해줘.

이졸다

네가 먼저 해.

로미오-이-코히바

좋아. 지난번에 갈랫길에서 어느 쪽으로 가면 되는지 표시를 해두었으니까, 별채에 금세 닿을 수도 있었어. 하지만 도중에 정말로 무시무시한 사람과 마주쳤어.

이졸다

너도?

로미오-이-코히바

무슨 일이 있었어? 괜찮아?

이졸다

응, 아무 일도 없었어. 계속해봐.

로미오-아-코히바

지붕과 분수를 볼 수 있는 그 벤치를 지나쳐가는데, 갑자기 내 뒤에서 기척이 느껴졌어. 돌아본 순간 내 눈을 의심했어. 생각해봐, 덤불 사이로 좁고 긴 통로가 있어. 그런데 누군가 롤러스케이트를 타고 그 길을 따라 내 쪽으로 오는 거야…… 사람인지 아닌지도 잘 분간이 안 가더라고. 키가 엄청나게 크고, 솜브레로를 쓰고 흰 플라스틱으로 만든 아이스하키 골키퍼용 마스크를 썼더군. 그 뒤에는 더 작은 인물 두 명이 역시 롤러스케이트를 타고 있었고. 그가 길을 온통 다 차지해서 뒤의 둘은 제대로 보이지도 않았어. 그는 골키퍼 유니폼을 입고 있었는데, '35'라는 숫자와 '시카고 불스'라는 글귀가 새겨진 엄청 큰 푸른색 운동복이었어. 아니, 처음에는 그런 줄 알았어. 그렇지만 그가 더 가까이 다가왔을 때 보니까 사실은 괴상하기 짝이 없는 숫자였어. '-3.5%'라고 씌어 있었고, '불스'가 아니라 '베어스'였어. 마이너스랑 퍼센트 기호가 운동복이랑 같은 색깔이어서 멀리서는 눈에 띄지 않왔던 거야. 또 이중으로 된 하키 스틱을 들고 있었어.

이졸다

그게 무슨 소리야?

로미오-아-코히바

골키퍼의 스틱 본 적 있지? 스틱에 서로 반대쪽으로 구부러진 블레이드 두 개가 붙어 있다고 상상해봐. 물론 그런 스틱으로 게임을 할 수는 없겠지.

이졸다

그가 다가와서 어떻게 했어?

로미오-아-코히바

그 정도까지 오지 않았어. 불과 300미터 앞에서 모퉁이를 돌아 옆길로 사라졌어. 나머지 둘도 그의 뒤를 따라 휙 가버렸어.

이졸다

그를 뒤따르는 자는 누구였어?

로미오-이-코히바

난쟁이 둘이었어. 역시 롤러스케이트를 신고 솜브레로
를 썼어. 모자가 바람에 날아가지 않도록 고개를 숙이고
있어서 얼굴은 보지 못했어. 마치 시녀들처럼 그의 운동
복 뒷자락을 잡고 있더군.

이졸다

끝이야?

로미오-이-코히바

다행히도, 그래. 넌 누구랑 마주쳤어?

이졸다

오솔길 모퉁이에서였어. 등뒤에서 기타 줄을 튕기는 소
리가 들려왔어. 돌아보니 20미터쯤 떨어진 분수 옆에 키
가 엄청나게 큰 남자가 서 있었어. 18세기의 용사처럼 머
리부터 발끝까지 온통 검은색과 금색으로 차려입었더
군. 손에 든 막대 끝에 달린 황금빛 태양 모양의 가면으
로 얼굴을 가리고 있었지. 붉은 벨벳을 차려입은 난쟁이
두 명이 울림통이 불룩하게 생긴 구식 기타를 손에 들고

그의 옆에 서 있었어. 그들은 부드럽게 몇 곡조 뜯었어. 그 거인이 가면을 약간 돌리자 가면에 반사된 햇빛 때문에 눈이 부셔 제대로 눈을 뜰 수가 없었어. 다시 눈을 뜨고 보았을 때는 분수 옆에 아무도 없었어. 겁먹고 자시고 할 틈도 없었어. 별별 얘기를 다 들은 후라 환각을 본 것이 틀림없다고 생각했어. 하지만 지금은 어떻게 생각해야 좋을지 모르겠어. 네 얘기를 계속해봐.

로미오-아-코히바

음, 난 그 거인이 나를 죽일 마음이 있다면 벌써 그렇게 했을 거라고 생각했어. 그래서 아무 일도 없었던 것처럼 행동했지. 그 외에는 아무도 만나지 못했어. 별채 벽의 문은 열려 있었어. 문 뒤로는 구불구불한 복도가 있었고. 물론 불은 켜져 있지 않았지. 마루판 밑에 쥐가 세 마리는 앉아 있는 것처럼 끔찍하게 삐걱거리는 소리가 나더군. 정말이지 머리털이 쭈뼛 설 지경이었어. 벽에는 문들이 있었고 문 뒤에는 더 많은 문이 있었어. 곰팡내가 나고 시끄러운 어둠 속을 이리저리 더듬어 가다보니 곧 방향 감각을 잃고 말았어. 될 대로 되라는 심정에 빠졌지. 마루 위에 죽 뻗은 채 눈을 감고 죄다 잊고 싶었어. 계속 그런 식으로 이어졌다면 정말로 주저앉아버렸을지도 몰라. 그런데 그때 한 문을 지나자 불이 켜진 큰 방이 나왔어. 창문도 없이 먼지만 쌓인 횅한 방이었어. 코끼리라도 가둬놓을 수 있을 만큼 굵은 쇠창살이 가운데에서 방을 둘로 나누고 있었어. 벽 쪽으로 거꾸로 돌려놓은 그림 몇 점뿐, 가구라고는 아무것도 없었어. 먼지가 앉지 말라고 그렇게 해놨나봐. 머리 잘 썼지. 유리를 끼울 필요도 없고, 아주 간단하잖아. 내 등뒤에 닫혀 있는 문에는 '정숙!' 이라고 쓴 팻말이 걸려 있었어. 쇠창살 너머 지금껏 본 적이 없을 만큼 아름다운 소녀의 초상을 그린 프레스코화가 있었지. 벽 한쪽을 온통 다 차지하고 있었어.

이졸다

소녀가 벽 한쪽을 온통 다 메우고 있었다고?

로미오-아-코히바

아니, 프레스코화가 말이야. 진기한 식물과 새들로 가득찬 정원 비슷했어. 그 소녀는 실물 크기로, 그림 중앙에 있었어. 실오라기 하나 걸치지 않았지만, 그 모습이 그렇게 잘 어울릴 수가 없었어. 풀 같은 초록색 머리카락이 그림 속의 미풍에 나부끼고 있었어. 속눈썹도 초록색이 었어. 그녀는 아랫도리를 꽃다발로 간신히 가린 채 진주 조개 껍질 속에 누워 있었지. 머리 위의 조개껍질 가장자리가 뿔처럼 튀어나온 것으로 덮여 있었는데, 한 가지 이상한 점이 있었어. 거기에 검은색 고무 손잡이가 붙어 있더란 말이야. 무슨 말이냐 하면, 튀어나온 부분은 그림이 었지만, 손잡이는 버스에 있는 것 같은 진짜 손잡이였어. 손으로 만져보았더니 진짜로 잡을 수도 있더라고. 하지만 무슨 용도로 달아놓았는지는 알 수가 없었어.

이졸다

어떻게 만져볼 수 있었어? 문과 프레스코화 사이에 쇠창살이 쳐져 있다고 했잖아.

로미오-아-코히바

맞아. 하지만 쇠창살 사이로 쉽게 빠져나갈 수 있더라고. 그래서 그렇게 했지. 아마 접근을 막으려고 쳐놓은 건 아니었나봐.

이졸다

그 소녀를 묘사해봐.

로미오-아-코히바

한 열여덟 살쯤 되었을 것 같지만, 겉보기에는 열네 살
정도로밖에 안 보였어. 대담하면서도 자연스러운 자세
였어. 내 말은, 자기 모습을 남들이 보고 있는 줄 알면서
도 그렇게 누워 있다면 정말 대담한 자세라는 거지. 그러
나 날씨가 덥다든가 해서 집에서 그런 모습으로 누워 있
는 것이라면 물론 대담하달 것은 없겠지. 하지만 그녀는
그림 밖의 구경꾼을 똑바로 쳐다보고 있었어. 이 경우에
는 나를 보고 있었다는 얘기지. 나를 볼 수 있고, 나를 비
웃고 있다는 듯이 눈을 반쯤 게슴츠레 뜬 채 미소를 짓고
있었어. 눈도 아주 짙은 초록색이었어. 화가가 전달하려
한 바를 이해할 것 같았어. 그녀는 자신의 모습을 누군가
보고 있다는 것을 알면서도 그런 자세를 취했고, 털끝만
큼도 수치심을 느끼지 않고 있는 거야. 믿고 싶지는 않았
지만. 아니면 주변에 아무도 없는 줄 알고 그렇게 누워
있다가, 지금 막 구경꾼의 존재를 눈치 채는 바람에 미처
다른 행동을 취할 틈을 찾지 못하고 구경꾼에게 미소를

지은 것일지도 몰라. 후자의 경우라면 화가는 진짜 천재야. 그녀의 뇌가 비명을 지르라는 명령을 막 전달했지만 아직 목의 근육까지는 명령이 도달하지 않은 바로 그 순간을 포착했으니까. 그렇다면 나 또한 수치심을 느끼지 않고 그녀를 꼼꼼히 살펴볼 수 있지. 사실 그녀의 모습은 너무나 태연자약해서 정말로 자극적이었어. 한마디로 진짜배기 예술이다 이거지. 그야말로 수수께끼 같은 걸작품이었어. 하지만 그녀를 유심히 관찰해볼 시간은 없었어. 아랫도리를 가린 꽃다발이 떨리면서 아래쪽으로 미끄러져 내려가기 시작했거든. 그녀는 아랫배만이 아니라 가장 은밀한 곳을 가리고 있었어. 너무 은밀해서 차마 눈을 내리지 못하고 그저 더 위쪽만 바라보아야 할 정도로.

이졸다

좋아, 로미오, 무슨 말인지 알겠어.

로미오-아-코히바

벽에 뭔가 기계장치가 있는 것이 틀림없었어. 꽃다발을 든 팔이 시곗바늘처럼 팔꿈치를 축으로 회전하기 시작했어. 그러나 꽃다발 뒤에 뭐가 있는지는 볼 틈이 없었어. 빛이 희미해지더니 곧 완전히 깜깜해져버렸거든. 나는 벽으로 다가가서 손으로 더듬어보았지. 꽃다발이 있던 자리에는 아주 큼지막한 틈이 입을 벌리고 있더라고. 조심스럽게 그 속으로 손을 넣어보았더니, 갑자기 뭔가 말랑말랑하고 살아 있는 것이 내 손에서 확 빠져나가지 않겠어? 다른 사람의 손 같았어. 놀라서 비명을 지르자, 갑자기 천장에서 최루탄 같은 맵싸한 것이 뿌려지는 거야. 나는 펄쩍 뛰어 뒤로 물러섰지. 빛이 다시 밝아지기 시작했어. 앞이 보일 만큼 밝아지자, 꽃다발은 이미 제자리로 돌아가 있더군. 눈이 심하게 따끔거려서 가스실 같은 그 방을 뛰쳐나왔어.

이졸다
아직도 눈이 아파?

로미오-이-코히바
이제는 괜찮아.

이졸다

이제 알겠어.

로미오-아-코히바

뭘 알겠다는 거야, 이졸데?

이졸다

나도 다른 쪽에서 똑같은 오락장을 발견했나봐. 태양 가
면을 쓴 거인이 사라진 후, 나는 별채로 갔어. 문은 잠겨
있었지. 창문도 잠겼고. 창문을 부수고 빗장을 벗겨서 문
을 열었어. 첫번째 문 뒤로 네가 말했던 것과 같은 어둡
고 구불구불한 복도가 이어져 있었어. 그 복도를 따라 네
방처럼 불이 켜져 있고 창문이 없는 큰 방으로 들어갔지.
그 방에는 그림 대신 흰색 페인트를 덮어씌운 거울들이
있었어. 방 가운데에는 천장에 닿을 만큼 거대한 쇠로 된
고리가 서 있었어. 고리 테두리에는 나일론 그물이 둘러
쳐져서 후릿그물처럼 마룻바닥까지 늘어져 있었고. 문
에는 네가 말한 것처럼 정숙하라는 팻말이 걸려 있었어.
고리 뒤의 벽에는 벽화가 그려져 있었는데, 네 것과는 판
이했어. 그랜드 캐니언 같은 경치를 그린 그림이었어. 안

개 너머로 내 아래쪽 한참 멀리 사막을 알아볼 수 있었어. 구경꾼의 눈앞에 펼쳐진 붉은 절벽 끄트머리에는 차한 대가 먼지구름에 싸여 있었어. 지금 막 급회전을 한다음 브레이크를 밟아 절벽 끄트머리에 바퀴가 겨우 걸린 채로 아슬아슬하게 멈춰 선 것처럼 말이지. 광고 사진처럼 미끈하게 잘빠진 롤스로이스 지프차였어.

로미오-아-코히바
틀림없이 롤스로이스였어?

이졸다
그럼. 롤스로이스가 다 그렇듯이 머리글자 'RR'와 라디에이터 위에 날개 달린 작은 오스카가 있었는걸.

로미오-아-코히바
그럼 그건 지프차가 아니야. 롤스로이스에서는 지프차를 안 만들어.

이졸다
로미오, 나도 SUV가 어떻게 다른지 정도는 알아. '풀 드

라이브 섀도(Full Drive Shadow)'라는 모델명도 본 것 같은데. 그건 예술가의 공상이었지만, 확실히 장담컨대, 롤스로이스가 SUV를 만들기로 한다면 그림 속의 바로 그 차라야 한다는 생각이 보자마자 떠올랐어. 그 상황을 보았다면 그들도 그렇게 할 수밖에 없을 거야. 지프차는 정교한 시계처럼 금과 강철로 만들어져 있었어. 얼마나 인상적인 모습이었는지 말로는 도저히 나타낼 수가 없어. 우주왕복선과 세상에서 가장 비싼 다이아몬드 목걸이가 함께 2세를 만들 수 있다면, 그 아들이 자라서 그런 모습일 거야. 지프차 앞에는 계단이 있었어. 그림에 그려진 것이 아니라, 나무판자로 만들어진 진짜 단이 방바닥에 놓여 있었어. 지프차의 창문도 진짜였어. 시커멓게 색을 입힌 유리였고, 지붕에는 스키와 서핑보드가 있었어.

로미오-이-코히바

그것도 진짜였어?

이졸다

스키와 보드는 그려진 거였어. 하지만 그것들을 매단, 아니 그림에 매단 것처럼 보이는 래크*는 금과 강철로 만들어진 진짜였어.

로미오-아-코히바

래크는 어떤 종류인데?

이졸다

운반할 것을 지붕에 묶을 수 있도록 만든 그런 종류의 래크를 뭐라고 부르는지는 잘 모르겠어. 래크에는 체조할 때 쓰는 것 같은 검은 가죽고리가 매달려 있었는데, 그것도 진짜였어. 그밖에 문손잡이하고 휠 캡도 진짜였어. 그것들도 쇠와 금으로 만들어져 있었어.

로미오-아-코히바

문을 열어봤어?

이졸다

말했잖아, 문은 없고 손잡이뿐이었다니까. 하지만 손잡이를 만져볼 틈도 없었어. 지프차를 향해 두어 발짝 떼는

---

* rack. 곧은 막대에 직선상으로 이를 낸 것.

순간 창문이 천천히 내려가기 시작했지 뭐야. 뭔가 기계
장치의 스위치가 켜졌던 모양이야. 유리창 뒤에 뭐가 있
는지 궁금해 죽을 지경이었지만, 불빛이 점점 희미해지
더니 곧 어두워졌어. 너한테 일어났던 것과 똑같은 일이
일어났던 거야. 단을 올라가 지프차의 창문이 있었던 벽
을 만져보았어. 거기에는 갈라진 틈이 있었어. 가장자리
를 따라 손으로 만져보았지. 진짜 차창하고 똑같은 느낌
이었어. 하지만 창이 다 열리지 않아 틈이 별로 크지 않
아서 벽 속으로 기어들어갈 수는 없었어. 마치 차 안에
에어컨이라도 켜져 있는 것처럼 창문에서 가벼운 외풍
이 불어오더군. 희미한 불빛이 힐끗 보인 것 같았어. 안을
들여다보려고 몸을 숙였지만, 열린 창 높이까지 숙이자
마자 뭔가가 내 뺨에 부딪히면서 무시무시한 울부짖음이
들렸어. 난 몸을 뒤로 빼다가 균형을 잃고 마룻바닥으로
굴러 떨어졌어. 빛이 처음에는 희미하게 들어왔다가 영
화관에서 영화가 끝난 뒤처럼 점점 더 밝아졌지. 완전히
밝아졌을 때에는 지프차의 창이 이미 다시 닫힌 뒤였어.
나는 복도를 지나 다시 밖으로 나와 여기로 돌아왔어. 처
음에는 온몸이 주체할 수 없이 와들와들 떨렸지만, 차차
기분이 좋아지더군. 지금 생각하면 우습기도 해.

로미오-이-코히바

흠, 한 가지 교훈을 얻었어. 서둘지 말지어다.

이졸다

그렇지. 특히 네 롤스로이스 SUV 안에서는.

로미오-이-코히바

네 롤스로이스 SUV겠지.

이졸다

어째서?

로미오-이-코히바

네 쪽에 있으니까!

이졸다

하지만 그 안에 있던 사람은 너였잖아. 그러니까 네 것이지.

로미오-이-코히바

나한테는 보이지도 않는데 어떻게 내 것이야?

이졸다

그러면 난 타지도 못하는데 어떻게 내 거야? 창문에 머리 한 번 넣어본 것이 고작인데.

로미오-아-코히바

그럼 우리 것이라고 해두자. 그러면 틀릴 일이 없겠지.

이졸다

좋은 생각이야.

로미오-아-코히바

이졸데…… 너한테 하고 싶은 얘기가 있어. 바보같이 들릴지도 모르지만, 그래도 들어줬으면 좋겠어. 무슨 생각을 하건 항상 너에게로 되돌아가. 마치 너와 관련이 없는 생각은 어떤 것이든 너무 무거워서 내 마음이 힘에 겨워 배겨낼 수 없는 것처럼 말이야. 하지만 너와 관계된 것이라면 뭐든 샴페인 거품처럼 가볍고 행복해. 그냥 계속 그 생각만 했으면 좋겠어.

이졸다

그래, 로미오. 정말 바보 같은 소리구나. 하지만 그건 나도 마찬가지야.

로미오-이-코히바

다시 같은 장소에서 만나지 않을래? 내일 오후쯤 어떨까? 조용히, 수선 피우지 말고. 소리 없이 말이야.

이졸다

하지만 누가 뒤를 밟으면 어떡하지? 거기, 안에서 말이야.

로미오-이-코히바

창문이 열리면 불이 꺼지잖아.

이졸다

적외선 카메라 몰라? 우리를 감시하는 것으로 끝나지 않을지도 몰라. 아예 영화를 통째로 찍다시피 할 수도 있을걸.

로미오-이-코히바

하지만 그걸 누구한테 보여주겠어?

이졸다

뭐 네 아내라든가. 아니면 꿈속의 아리아드네라든지.

로미오-이-코히바

나한테는 아내가 없어. 아리아드네나 그녀의 꿈 따위야 아무 관심도 없고. 스파이 걱정을 하기 시작하면 눈 깜짝할 새에 온 세상이 스파이 천지가 될 거야.

이졸다

네 말이 옳아. 혼자 있을 수 있는 방법은 이미 혼자인 것처럼 행동하는 길뿐이지.

로미오-이-코히바

그러면 시간은 언제로 할래?

이졸다

내일 세시로 해, 로미오. 네 차에서 만나.

로미오-이-코히바

우리 차지. 내 초록빛 눈의 롤리타. 내 사랑스러운 모나
리타.

이졸다

그럼 이제 잘 자, 코히바. 그럼 안녕.

너츠크래커

안녕, 안녕. 몬스터, 거기 있나?

몬스트라다무스

응. 내가 가긴 어딜 가겠어?

너츠크래커

흠, 저거 어떻게 생각해?

몬스트라다무스

틀림없이 우리 주인님은 감상에 젖어 닭똥 같은 눈물방
울을 뚝뚝 떨어뜨리게 될 거야. 한마디로 말해서 고대 그
리스 사상의 쇠락이지. 제논의 역설*이라고나 할까. 아

킬레우스는 크고 아름다운 자기 차를 타고 갈 수 없어. 차를 타고 있을 때는 차가 보이지 않거든. 행인들 눈에는 보여. 그러니까 차를 타고 있는 건 행인들이지. 아킬레우스는 자기가 운전하는 중이라고 상상할 뿐이야. 하지만 실제로는 차가 그를 운전하고 있어.

너츠크래커

좀 질투가 나는데. 넌 안 그래?

몬스트라다무스

별로. 난 지프차 좋아하지 않아. 지프차에 앉으면 길에서 너무 높아. 어쨌든 롤스로이스 SUV는 좀 심했군. 코히바는 틀림없이 알파로메오**를 갖고 있을 거야.

너츠크래커

내 말은 차 얘기가 아니야. 알파로메오고 베타로메오고

---

* 고대 그리스 철학자 제논이 다(多)와 운동의 존재를 인정하면 자기 모순에 빠지게 된다는 것을 증명한 논법. 아킬레우스와 거북의 경주를 예로 들어 아킬레우스가 경주에서 결코 이길 수 없음을 증명했다.
** 이탈리아 피아트 사 소속의 스포츠카 메이커.

내 귀에는 수컷 침팬지들이 서로 저 잘났네 다투는 소리로밖에는 안 들려. 난 감정 얘기를 하는 거라고.

몬스트라다무스
하지만 너도 감정이 있잖아. 그들은 사랑을 하고, 넌 질투를 하지. 우리 친구 아리아드네가 가르쳐주었듯이, 사랑도 질투도 공포의 헬멧 안에서 과거에 의해 각기 달리 가정된 상태일 뿐이야.

너츠크래커
그런 낙관주의적 태도로…

몬스트라다무스
바로 그거야. 잘 자.

:-))))

오가니즘(-:
누구 나랑 얘기할 사람?

아리아드네

나.

너츠크래커

나도.

몬스트라다무스

나도 좋아.

오가니즘(-:

재미있는 팀이군. 몬스트라다무스, 아리아드네, 나, 그리고 너츠크래커. 우리 넷의 공통점이 뭔지 알아?

너츠크래커

모르면 바보게. 우리 모두 작은 별이 찍힌 화장실 휴지를 쓰고 있잖아.

몬스트라다무스

또 삶에 대한 넘치는 정열을 갖고 있지.

오가니즘(-:

하지만 그것만이 아니야.

너츠크래커

우리 모두 방금 막 꿀꿀이죽 같은 음식을 먹었어. 어제는 다들 구역질나는 라자냐를 먹었지? 오늘 먹은 피가 질질 흐르는 채식주의자용 비프스테이크는 또 어떻고?

오가니즘(-:

그것 말고.

몬스트라다무스

무슨 말인지 알겠다. 우리는 자기 미궁에 대해서 얘기하지 않았어.

아리아드네

그랬나? 아무도 나한테 물어본 적이 없으니까.

너츠크래커

그럼 우리한테 얘기해줄래?

아리아드네

좋아.

너츠크래커

네 문 밖에는 뭐가 있던?

아리아드네

침실이 있어.

너츠크래커

그냥 평범한 침실이야?

아리아드네

아니, 평범하지는 않아. 최신 유행 인테리어를 다룬 잡지들을 훑어본 적이 있다면 한 번쯤 봤을 법한 그런 방이야. 큰 방인데, 침대가 거의 방의 반을 차지하고 있어. 매트리스가 얼마나 근사한지 말로는 표현할 수가 없을 지경이야. 시라도 써야 할걸. 그 위에 누우면 낙하산을 타고 하늘을 둥실둥실 떠가는 기분이 든다니까. 베개랑 담요, 시트, 전부 다 최고급이야. 또 별의별 작동 모드가 다 있는 에어컨이 있어. 바다에서 곧장 불어오는 것 같은 신선한 산들바람이 나오도록 맞출 수도 있어. 그리고 창에는 두꺼운 커튼이 쳐져 있는데…

너츠크래커
창문이 있다고? 밖에는 뭐가 있어?

아리아드네
모르겠어. 정원 같아. 나뭇가지들이 있어. 다른 것은 하나도 못 봤어.

너츠크래커
창문을 열어봤어?

아리아드네
창문은 안 열려. 또 뭐가 있더라? 침대 위에는 우아한 벽걸이형 전등이 있고, 구석에는 취침등이 있어. 미니바도 있지만, 마실 것은 하나도 없고 작은 수면제 상자만 들어 있어. 수면제는 엄청 많아. 갖가지 아름다운 색깔인데, 상자마다 속에 약을 한 번에 몇 알 먹어야 하는지, 어떤

약은 다른 것과 함께 먹어도 되고 어떤 약은 안 되는지 등
등 설명문이 들어 있어. 나야 수면제는 필요 없지만. 침
대에 눕기만 하면 바로 꿈나라인 걸 뭐. 날아가는 기분이
라니까.

너츠크래커
거기 있는 건 그게 다야?

아리아드네
내가 한동안, 그러니까 한 시간 이상 방을 비우면 누군가
가 시트를 갈고 침대를 정리해놓아. 하지만 한 번도 누군
가와 마주친 적은 없어. 침실에는 다른 문이 없으니까,
들어오는 길은 하나뿐인데.

너츠크래커
그 사실을 넌 어떻게 설명할래?

아리아드네
하고 싶지도 않아. 생각만 해도 너무 무서운걸.

너츠크래커

그런 미궁에 있다가는 욕창이 생기겠다, 아리아드네.

아리아드네

내 얘기를 제대로 안 들었구나, 너츠크래커. 매트리스가 얼마나 훌륭한지 아예 없는 것 같다니까. 욕창은 무슨 욕창? 천사가 그 위에서 잔대도 날개에 주름 하나 안 생길 거야.

몬스트라다무스

그거 흥미로운 주제군. 천사가 어떻게 잠을 잘까.

아리아드네

산호 횃대에 박쥐처럼 매달려 잘지도 모르지. 슬리퍼에 특수 금 갈고리를 달고 말이야.

몬스트라다무스

그럴싸하군. 천사들은 지구의 인력이 아니라 주님의 사랑에 이끌릴 테니 머리를 위로 쳐들고 매달린다는 점만 다르겠지, 어글리 말처럼. 천사는 비물질적인 존재잖아.

오가니즘(-:
그럼 인간의 딸들한테는 어떻게 들어갔던 걸까?

너츠크래커
어글리라면 알지도 몰라. 아니면 자기 친구들한테서 알아볼 수 있을 거야. 어글리, 거기 있어?

몬스트라다무스
그렇게 하든가. 아리아드네, 네가 우리 일에 대해 또 꿈을 꾼다면 공포의 헬멧에 대해 우리가 질문해도 좋다고 했지.

아리아드네
물론.

몬스트라다무스
질문이 세 개 있어. 첫째는, 어떻게 그밖의 모든 것이 무(無)로부터 만들어질 수 있는지 궁금해. 두번째는 어떻게 공포의 헬멧이 자기 일부의 안에 있을 수 있는가 하는 문제야. 그렇다면 한 헬멧 안에 두번째 헬멧이 있고, 두번째 안에 세번째가 있고. 그런 식으로 양방향으로 무한히 뻗어간다는 의미야? 마지막 질문은 격리판 미궁이 정확히 어떻게 작동하는지 알고 싶어.

아리아드네
알았어, 물어볼게.

너츠크래커
그리고 뒤로 땋은 머리에 대해서도 좀 얘기해달라고 부탁해줘. 우린 아직까지 거기 대해서는 하나도 모르고 있잖아.

오가니즘(-:
나도 질문 있어. 왜 공포의 헬멧이라고 부르지?

아리아드네
좋아. 그럼 난 갈게.

몬스트라다무스
그냥 간다고?

아리아드네

더 있다가는 질문을 잊어버릴 거야.

너츠크래커

그럼 가봐. 우리는 여기 좀더 있을게. 몬스터, 네 미궁에 대해서는 뭐라고 얘기했지?

몬스트라다무스

그게 언제였더라?

너츠크래커

어글리가 대성당 얘기를 할 때였잖아. 그들이 어글리한테 과녁판 같은 것을 보여주면서 세상에서 가장 신비스러운 미궁이라고 했다니까, 네가 제일 신비스러운 미궁은 네 거라고 주장했잖아. 어떤 미궁인지 궁금해.

몬스트라다무스

그 말 취소해야겠어. 가장 신비스러운 미궁은 사트릭의 미궁 같은데. 사트릭, 거기 있어?

너츠크래커

그는 접속하지 않겠다고 경고했잖아.

몬스트라다무스

그럼 네 미궁에 대해서 얘기해봐. 아니면 오가니즘이 자기 미궁 얘기를 하든가.

오가니즘(-:

난 뭐 얘기할 만한 거리가 없는데. 그냥 스크린 세이버야.

몬스트라다무스

뭐라고?

오가니즘(-:

윈도우에 '미로'라는 스크린 세이버가 있잖아. 여기 있는 미궁이 바로 그걸 그대로 본떴다니까. 픽셀 대신 널빤지로 만들어졌지. 소프트웨어가 하드웨어로 바뀌는 건 처음 봤어.

몬스트라다무스

다들 무슨 말인지 알아듣겠어?

너츠크래커

무슨 얘기인지 알겠어. 그건 프로그램의 일종이야.

몬스트라다무스

그러면 그것이 스크린을 끄나?

너츠크래커

그 반대지. 스크린을 최대 전력까지 켜는 거야.

몬스트라다무스

그러면 왜 이름이 스크린 세이버야? 무슨 구원을 말하는 거지?

너츠크래커

그 질문이라면 어글리가 성당 참사회원들에게 물어봐줄 수도 있을 것 같은데. 구세주와 구원에 대해서라면 모르는 것이 없을 테니까.

216

어글리 666

네가 구세주를 불경스럽게 모독한다 해도, 너를 용서해 주실 거야. 이 죄 많은 멍텅구리야. 하지만 충고하는데, 성령을 함부로 들먹이지 마.

너츠크래커

아, 돌아왔군. 너의 구세주도 조물주 역할을 할 수 있다는 내 추측이 맞나?

어글리 666

맞아.

너츠크래커

그의 얘기를 듣고 내가 누구를 떠올렸는지 알아? 새끼 고양이를 고문하고 싶어 안달이 난 심술궂은 꼬마 마법 사야. 그래서 땅속 깊은 곳 어두운 지하실로 내려가 진흙으로 새끼 고양이를 떠서 생명을 불어넣은 다음 흠씬 패주는 거지! 벽 구석에다가 고양이 머리를 마구 들이박는 거야. 주말마다 그 짓을 수없이 하고 또 하지. 지하실에서 야옹대는 소리가 절대 새어나가지 않도록, 마법사는 고양이들한테 우리는 다 무(無)에서 나와서 무(無)로 돌아간다, 그런 생각으로 극기하도록 가르친단 말이야. 그리고 그들이 살아 있는 짧은 순간 동안에도 자기한테 기도를 하라고 강요하지.

몬스트라다무스
네 머릿속에 뭐가 있는지는 하느님만 아시겠다, 너츠크래커.

어글리 666
하느님이 아니라 악마지. 그건 이미 성령에 대한 모독이야. 조심해, 너츠크래커. 주께서는 우리에게 기도하라고 강요하지 않으셔. 주께서 우리를 자유의지를 가진 존재로 창조하셨으니, 우리가 제 갈 길을 선택하는 거야.

너츠크래커
웃기는 소리 하지 마, 어글리. 자유의지라니. 삶은 지붕에서 떨어지는 것이나 마찬가지라고. 도중에 멈출 수 있어? 안 되지. 도로 올라갈 수 있어? 못 하지. 옆으로 날아갈 수 있어? 지붕에서 뛰어내릴 때 입도록 특별히 제작

된 팬티 광고에서라면 모를까. 자유의지라는 건 말이야, 떨어지는 도중에 방귀를 뀌느냐, 아니면 땅에 떨어질 때까지 참느냐 중에서 선택할 수 있다는 뜻이라고. 철학자들이 입씨름하는 문제도 바로 그거야.

어글리 666
너츠크래커, 넌 항상 무슨 대화든 다 방귀 얘기로 끌고 가는구나. 그것도 재주는 재주다.

몬스트라다무스
그만두지 못하겠어, 어린애들처럼 유치하긴. 이제 그 얘기는 넘어가자. 그 스크린 세이버에 대해서 얘기해줄래, 오가니즘?

오가니즘(-:
기본 프로그램이야. 몇 분간 키보드에 손대지 않으면 붉은 벽돌담으로 이루어진 미로가 스크린에 뜨고, 카메라가 그 미로를 따라 움직이잖아. 벽에 부딪히면 돌벼락처럼 요란스레 종소리와 피리 소리가 쏟아지고 말이야. 천장이 바닥이 되고, 바닥이 천장이 되고, 카메라는 길이 갈라지는 지점에서 반대 방향으로 돌지. 미로에는 큰 쥐도 한 마리 있어. 사실은 그런 스크린 세이버가 두 개 있어. 하나는 한참 동안 너희에 대해서 잊고 있노라면 스크린에 뜨는 거야. 또 하나는 바로 내 문 밖에 합판과 널빤지로 고대로 본떠서 만든 것이고. 거기에도 쥐가 있어. 작은 매트에 통통한 얼굴이랑 발을 꿰매어 달아놓았어. 어떨 때는 복도에 놓여 있기도 해. 천장에 붙어 있을 때도 있고. 회색 플라스틱 조각으로 된 텀블스톤*도 있지. 거꾸로 뒤집히지 않는다 뿐이지. 그중 하나에라도 손을 대면, 미궁이 그대로 얼어붙어.

너츠크래커
진짜로 언다는 거야?

오가니즘(−:
아니. 말이 그렇다는 거지. 불이 꺼지고 텀블스톤 위의 패널에 불이 들어와. "이 프로그램은 오류를 일으켜 종료됩니다. 문제가 해결되지 않으면 프로그램 판매자에

---

* tumble-stone. 타일의 일종.

게 연락하십시오."

너츠크래커
그다음에는?

오가니즘(-:
어둠 속을 더듬어 집으로 돌아와야지 뭐 어쩌겠어. 목소리들이 신경을 긁어대기 시작해서, 기분이 좀 더럽기는 해.

너츠크래커
목소리라니?

오가니즘(-:
별의별 목소리가 다 들려. 낮은 목소리도 있고 큰 목소리도 있고. 여자, 남자, 아이들 목소리까지 섞여 있어. 어떤 때는 멀리서 들려오기도 하고, 어떤 때는 귓가에 바짝 들리기도 하고.

너츠크래커

목소리들이 뭐라고 그러는데?

오가니즘(–:

항상 똑같은 말만 해. "제가 판매자입니다, 제가 판매자라니까요. 어떻게 하시겠습니까? 어쩌시렵니까?"

너츠크래커

흥, 제대로 속았군. 그중에 불 게이츠(Bull Gates)*는 없디?

오가니즘(–:

응, 없던데.

너츠크래커

어쩌면 있는데 네가 못 알아들었을지도 몰라. 사실 천장에 매달린 죽은 쥐새끼가 미노타우로스일지도 모르고.

---

* 빌 게이츠(Bill Gates)를 비틀어 황소(bull) 머리의 미노타우로스에 빗댄 농담.

오가니즘(-:

그럴 수도 있겠지. 하여튼 텀블스톤에 손대지 않고 다른 몇 가지만 피한다면, 어렵잖게 미궁을 돌 수 있어. 그러면 그것이 진짜 미궁이 아니라 합판 파티션을 쳐놓은 큰 콘크리트 지하 창고에 불과하다는 것을 금세 알 수 있어.

너츠크래커

그 파티션을 한번 부숴보지 그랬어?

오가니즘(-:

파티션을 살짝만 건드려도 즉시 전부 얼어붙어버리는 걸. 그러면 어둠 속에서 그 목소리들을 들으면서 길을 더 들어가야 한단 말이야. 손대지 않는 편이 나아.

너츠크래커

중심까지 가봤어?

오가니즘(-:

그럼, 가봤지.

너츠크래커

뭐가 있었어?

오가니즘(-:

벽에 'Open GL'이라고 써붙인 작은 방이 있던데. 진짜
스크린 세이버에도 같은 글귀가 있지만, 그건 그냥 화면
에 떠 있고 이건 광택용 도료를 칠한 합판에 씌어 있어.
그건 무슨 뜻이야?

너츠크래커

몬스터, 넌 아니?

몬스트라다무스

'Open General License' 나 'Open Great Labyrinth'
가 아닐까.

너츠크래커

그럼 중앙의 방에는 그 말 외에는 아무것도 없어, 오가니
즘? 정말 그래?

오가니즘(-:

의자도 하나 있는데, 그 앞에는 거울이 있어.

너츠크래커

그럴 줄 알았어. 타르코프스키의 거울이군.

오가니즘(-:

그 의자에 한참 앉아 있었어. 금방이라도 가장 중요한 것을 이해하게 될 것 같은 기분이었어. 하지만 이해하지 못했어.

몬스트라다무스

늘 그런 식이지.

오가니즘(-:

무슨 뜻이야? 네가 한참 거울을 들여다보고 앉아 있을 때면 늘 그런 기분을 느낀다고?

몬스트라다무스

뭔가 중요한 것을 막 깨닫게 될 것 같은 기분이 들 때는 늘 그렇다는 거야. 총탄이 날아가는 소리나 비행기의 굉음처럼. 그 소리를 들었다는 건 벌써 횡하니 옆을 지나가 버렸다는 얘기지.

너츠크래커
오가니즘, 어째서 거울과 의자가 있는 곳이 미궁의 중심이라고 그렇게 확신하는 거지?

오가니즘(-:
그야 거울과 의자 때문이지. 그곳이 중심이 아니라면 그런 것들이 거기 왜 있겠어?

몬스트라다무스
정말 그럴싸하군.

너츠크래커
그럼 네 미궁은 어때, 몬스터? 궁금해 죽겠다.

몬스트라다무스
너 먼저 하기로 했잖아.

너츠크래커

그러지 뭐. 내 미궁 얘기를 해줄게. TV 편집실이랑 좀 비슷해. 베타캠 VCR니, 특수 모니터니, 정체도 모를 별의별 음량 화면 조정 장치니 그런 전문 장비들이 즐비해. 다 작동이 되는 거야. 벽에는 텅 빈 하얀 방에 있는 개를 그린 이상하게 생긴 포스터가 걸려 있어. 개 앞의 벽에는 작은 램프 몇 개가 붙어 있는 배전반 비슷한 것이 있어. 램프 중 두 개는 왼쪽에 빨간색, 오른쪽에 파란색 불이 켜져 있어. 램프 아래에는 벨이 있는데, 음파가 둘레에 죽 그려져 있어. 벨이 소리가 난다는 거겠지. 개의 머릿속에는 전극이 삽입되어 있고, 전선이 전극에서 배전반으로 연결되어 있어. 배에는 가른 자국이 있는데, 반창고로 붙여놨어. 그 속에 꽂은 고무 튜브를 바닥에 놓인 유리 플라스크 속에 넣어놨어. 개는 오른발을 들고, 혀는 축 빼문 채 귀를 쫑긋 세우고 눈에는 애정을 가득 담고 있어. 그 밑에는 이런 글이 씌어 있어. '화해하세나, 친구!' 처음 보았을 때는 망연자실했지. 조정자들이 어떻게 알아낼 수 있었던 걸까 의아해했어. 곧 내가 너희들에게 '파블로프의 개' 이야기를 했던 기억이 났지. 포스터 밑에는 〈풍요의 호른 연주자들〉이라는 에피소드가 있는 베타캠 테이프들이 있어. 일종의 근사한 국제적인 TV 프로그램이랄까, 이런 재미있는 제목들 옆에는 나팔 두 개가 붙어 있는 구(球)가 그려져 있어. 전부 같은 내용의 테이프들이야. 테세우스의 임무를 자원하는 이의 텔레비전 연설이야. 후보자는 대개가 호인형의 얼굴에 말씨도 좋은 중년 남자야. 그는 어떤 상징물 같은 것 앞에 앉아 있고, 그의 앞 테이블 위에는 수십 개의 마이크가 세워져 있지. 그는 미노타우로스와 잘 얘기해서 모두 미궁에서 나가게 해주겠다고 약속해. 물론 그에 앞서 미궁이 무엇이고 미노타우로스는 누구인지에 대해 자신의 상상을 자세히 설명하지.

몬스트라다무스

어떤 상상인데?

너츠크래커

별 얘기가 다 있어.

몬스트라다무스

예를 하나 들어봐.

너츠크래커

음, 제일 마지막 것을 예로 들어볼게. 머리칼은 회색이고
키가 큰 남자가 있어. 아주 기품 있는 외모에 옷을 근사하
게 쫙 빼 입은 역사학 교수야. 그리고 기사(騎士)의 문장
(紋章) 비슷한 아름다운 상징이 있어. 그물 무늬를 배경
으로 올가미에 걸린 황소 해골이야. 그의 말로는, 미궁은
뇌의 상징이라는 거야. 적출된 뇌는 고전적인 미궁이랑
아주 흡사하대. 미노타우로스는 정신의 동물적인 부분이
고, 테세우스는 인간적인 부분이라는 거야. 물론 동물적
인 부분이 더 강하지만 결국은 인간적인 부분이 승리를
거두는데, 이것이 역사에서 진화의 의미래. 미궁의 제일
중앙에는 동물적 원칙과 인간적 원칙의 교차를 상징하
는 십자가가 있대. 그 지점이 바로 입문하는 통로인데, 그곳
에서 테세우스가 적을 맞아 정복하는 거야. 누구나 자기
안에 있는 미노타우로스를 정복할 수 있다고 했어. 그 야
수를 무자비하게 교살해야만 공포의 헬멧을 문명과 진보
의 헬멧으로 개명할 도덕적인 정당성을 확보하게 된대.

몬스트라다무스

그럼 그의 프로그램은 어때?

너츠크래커

미궁에서 오른쪽으로 두 번, 왼쪽으로 한 번, 오른쪽으로 두 번, 다시 왼쪽으로 한 번, 그리고 끝까지 오른쪽으로 쭉 가면 된대.

몬스트라다무스

하나 더 얘기해줘.

너츠크래커

그럼 끝에서 두번째 것을 얘기해줄게. 프랑스인이 나와. 분명 그놈들 중에서 제일 영리한 녀석이야. 외모는 그야 말로 가관이야. 다 해진 중국제 작업복 상의를 걸치고, 파이프를 입에 물고 있어. 머리는 봉두난발이고. 그의 상징은 붉은색과 흰색의 체스판이었어. 흰색 사각형에는 나비가 그려져 있고, 붉은색 사각형에는 여러 가지 알파벳 문자가 씌어 있었어. 처음 몇 분간은 그저 카메라만 뚫어져라 쳐다보더라고. 그러더니 머리카락을 마구 쑤시면서 공리(公理) 하나로 시작하겠다고 선언조로 말하데. 현대 프랑스 철학이 이룬 가장 큰 업적은, 성적으로 흥분된 단일한 의식의 경계 안에서 자유주의적 가치와 혁명적 낭만주의를 모순 없이 통합하는 데 성공했다는 거래. 그 말을 하고 나서 한 일 분은 입을 꾹 다문 채 눈을 부릅뜨고 스크린 밖을 쏘아보더라. 그러더니 손가락을 하나 쳐들고 이 선언은 수정처럼 명징하지만 그럼에도 불구하고 이미 미궁이라고 속삭이는 거야. 왜냐하면 미궁은 자기 자신이나 다른 이들과 뭔가를 토론하는 과정에서 출현하거든. 그 동안 우리는 제각기 미노타우로스가 되든가 아니면 그의 희생자가 되는 거지. 그는 계속해서 말했어. 우리가 이것으로 할 수 있는 일이 아무것도 없다 해도, 그것 없이 할 수 있는 일도 아무것도 없대. 하지만 구체적으로 말하면 미궁보다 더 넓은 개념을 도입할 수 있대. 담론을 선포할 수 있다는 거지.

몬스트라다무스
오, 맙소사! 지금 '담론'이라고 했어? 나의 시뮬라크럼*까지 다 온 셈이군.

---

* 모사, 복제라는 의미. 장 보드리야르는 실제보다 더 실제 같은 가짜라는 뜻으로 시뮬라크럼이라는 개념을 사용했다.

너츠크래커

그 봉두난발한 교수 말에 따르면, 담론은 말과 개념, 미궁과 미노타우로스, 테세우스와 아리아드네가 전부 출현하는 장소래. 담론 그 자체마저도 담론 안에서만 출현할 수 있다는 거야. 하지만 담론 안에서 온 자연이 생겨난다 해도, 담론 자체는 자연에서는 어디에서도 발견할 수 없고 극히 최근에 발전되었다는 모순이 있지. 또 하나의 비극적인 불일치는, 모든 것이 담론 안에서 출현한다 해도, 국가나 개인으로부터 자원을 공급받지 못하면 담론 자체는 기껏해야 사흘간 지속되다가 영원히 소멸하고 만다는 것이지. 그러니까 담론에 자원을 공급하는 것보다 사회에 더 긴급한 과제는 있을 수 없다는 거야.

몬스트라다무스

좋아, 담론에 대해서는 이해했어. 그럼 미궁에 대해서는 뭐라고 하디?

너츠크래커

미궁에 대해서 얘기할 때는 하도 빨리 주워섬겨서 다 기억이 안 나. 요컨대, 미궁은 우리가 여러 가지 대안 중에서 선택해야 할 때 출현한대. 대안이란 우리에게 허락된 언어의 본질, 순간의 구조, 후원자의 특징에 따라 저마다 다른 조건을 갖는 여러 선택권이라고 했어. 그다음 말은 거의 못 알아들었어. 그가 '인터내셔널 가'*를 부르기 시작했던 것만 기억나. 처음에는 쩌렁쩌렁 울리도록 위협적으로 불렀지만, 잠시 후에는 '생일 축하합니다'로 바꿨어.

몬스트라다무스

그게 소위 담론의 복수성(複數性)이라는 거야. 대학에서 배운 기억이 나. 미노타우로스에 대해서는 뭐래?

너츠크래커

미노타우로스는 너래.

몬스트라다무스

나?

---

* 공산주의자들이 부르는 혁명가.

너츠크래커

너 흠칫하는구나. 그의 말은 너 개인을 칭한 것이 아니야. 그는 가상의 시청자의 눈을 응시하면서 독수리가 날개를 퍼덕이듯 팔을 흔들며 고함을 쳤어. "미노타우로스! 미노타우로스, 그건 너야! 네가 미노타우로스라고!" 그러더니 이내 잠잠해졌어. 미노타우로스는 네 마음을 투사한 존재이기 때문에, 너 이외의 다른 누구도 아니라는 사실을 이해해야 한다는 뜻이래.

몬스트라다무스

우리가 어떻게 해야 된다는 거야?

너츠크래커

뭐 별 도리 있겠어? 후원자가 있는 한, 담론은 계속되는 거지!

몬스트라다무스

그러면 미궁에서는 어느 쪽으로 돌아야 하지?

너츠크래커

담론이 가는 대로 따라가는 거지 뭐.

몬스트라다무스

재미있군.

너츠크래커

솔직히 말하면 담론이 뭔지 하나도 못 알아먹겠어. 저 털북숭이가 그 얘기를 막 끝낸 지금도.

몬스트라다무스

그건 공포의 헬멧을 단단히 붙여주는 풀 같은 거야. 그래서 다시 벗을 수 없게 되지.

너츠크래커

겁주지 마.

몬스트라다무스

너야말로 방금 전까지만 해도 나를 겁준 쪽이면서 뭘 그래. 여성 후보는 없었어?

너츠크래커

있었지. 정신의학자같이 보이는 아주 매력적인 젊은 여자였어. 그녀의 상징은 사슬에 묶인 채 동굴 속에 드러누운 황소였는데, 상징으로는 제격이었어. 그녀가 한 얘기가 다 기억나지는 않지만, 요지는 미노타우로스를 이기려면 자신이 희생자라는 생각을 버려야 한다는 거였어. 그러면 미노타우로스는 사라져버릴 거래. 누구에게나 자기만의 미노타우로스가 있지만, 사실 그가 우리를 쫓는 것이 아니라 우리가 그를 쫓고 있다는 거야. 또 우리가 그를 쫓는 미궁은 인간의 뇌에 고리 모양으로 연결된 쾌락의 도파민 사슬이래. 사람마다 다 달라서, 지문처럼 고유하대. 미궁에서 어느 쪽으로 돌아야 하느냐의 문제는 아주 간단해. 다른 방향으로 뻗어나간 똑같은 복도 열 개가 교차하는 지점에 서 있다고 가정해봐. 그러면 어느 복도로 갈 것인지는 두려움과 미신보다는 상식에 따라 결정되겠지.

몬스트라다무스

그래서 선택했어?

너츠크래커

무슨 뜻이야? 복도 중에서?

몬스트라다무스

후보자 중에서 말이야.

너츠크래커

사실 내가 뽑을 후보가 어떤 자리에 임명되는 건지도 모르겠는걸. 무슨 조직인지 임기는 얼마나 되는지 알아야 말이지. 방에는 문이고 창문이고 없는데 나를 미궁 밖으로 어떻게 끌어내줄지도 모르겠고.

몬스트라다무스

텔레비전을 통해서 꺼내줄 모양이지 뭐. 달리 방도가 없잖아? 우리 모두 그 점을 이해해야 해. 또 기억나는 거 뭐 없어?

너츠크래커

빨리감기를 눌러서 죽 훑으면서 대략 요지를 파악하느라고 각각 5분 정도만 들었어. 듣고 있으니까 다 재미있고 참신해 보이던데. 그런 다음 테이프를 돌리면 다 잊어버리지. 어떤 미국인인가는 미궁이 인터넷이라고 하더군. 거기에 정신 속으로 해킹해 들어오는 존재가 살고 있는데, 그게 바로 미노타우로스라나. 미노타우로스는 황소 머리를 한 인간이 아니라, 반은 거미이고 반은 인간이래. 월드와이드 웹이 있다면, 영혼을 빨아먹는 거미도 마땅히 있어야 한다는 거야. 또 미노타우로스의 이름이 왜 두 개인지 설명해줬어. 미노타우로스가 '애스터리스크'의 정치적으로 올바른 표현인 것 같아. 그러니까 '애스터리스크'라고 말하고 싶으면 '미노타우로스'라고 해야 돼. 하지만 그러면 '애스터리스크'가 '미노타우로스'의 정치적으로 올바른 표현이 되니까, '미노타우로스'라고 말하고 싶으면 '애스터리스크'라고 해야 되지. 그래서 원칙상으로는 두 이름을 다 쓸 수 있지만, 쓰고 싶을 때 쓰는 것이 아니라 그 반대로 해야 해. 어떤 독일인의 얘기도 흥미롭더군. 미노타우로스는 시대정신인데, 광우병이라는 형태로 현현(顯現)했다는 거야. 그러니까 황소 머리를 한 인간의 형태로 상징적으로 재현된 것이지. 예술에서 미노타우로스에 상응하는 것이 포스트모더니즘이야. 포스트모더니즘은 자신의 분쇄된 뼈를 먹어야만

하는 문화의 광우병이야. 정치에서는 텔레비전을 틀 때마다 보고 느끼는 모든 내용이 그것이고. 그다음에는 검은색으로 차려입은 이탈리아인이 나와서 미노타우로스가 아니라 '몬도타우로스'라고 하면서 그 실체는 달러 총공급량이라고 하더군. 모든 것이 돈을 통해서 지배된다는 믿음은 어리석은 생각이래. 왜 돈 자체에 의해서가 아니라 돈을 통해서냐는 거야. 몬도타우로스는 세계를 지배해 우리들 한 사람 한 사람이 더럽고 악취 나는 미궁 같은 자기 내장 속을 정처 없이 배회하도록 만드는 악령이래. 그리고 그의 뿔 두 개가 뭐랬는지는 나도 잊어먹었어.

몬스트라다무스

그건 아무래도 좋아. 상상이 가.

너츠크래커

그다음에는 눈매가 선량한 신부가 나와서 미궁의 창조자는 우리를 깊이 사랑하는 구세주이기도 하다고 했어. 우리가 어린아이를 사랑하듯이 그렇게 우리를 사랑하신대.

몬스트라다무스

다들 어떤 제안을 내놓았어?

너츠크래커

전부 오른쪽으로 몇 번이나 돌아야 하나, 왼쪽으로는 몇 번 도나, 어떤 순서로 해야 하나, 그런 것이었어. 저마다 자기 식대로 하고 싶어하더군.

몬스트라다무스

어쩌면 요점은 바로 그것일지도 몰라. 나가는 길이 어디냐에 대해 생각할 것이 아니라, 지금 이 순간 우리가 서 있는 교차로가 바로 삶이라는 사실을 깨닫는 거야. 그러면 미궁도 사라질 거야. 결국 미궁은 우리의 마음속에서만 완전한 전체로 존재하고, 현실에서는 다음에 어느 길로 갈지를 선택할 일만 눈앞에 놓여 있을 뿐이지.

너츠크래커

아하. 그러면 미노타우로스는 우리에게 아무 짓도 하지 않겠네. 그가 우리를 따라잡는 순간 현재의 '우리' 는 더 이상 존재하지 않게 될 테니까. 어떤 사람도 같은 얘기를 했었는데.

오가니즘(-:

그러면 몬스트라다무스, 네 문 밖에는 뭐가 있어? 네가
얘기할 차례야. 너밖에 안 남았어.

몬스트라다무스

실망할 텐데, 오가니즘.

너츠크래커

어디 일단 들어나보자고. 그래서 뭐가 있다는 거야?

몬스트라다무스

막다른 골목.

너츠크래커

무슨 뜻인지 모르겠는데.

몬스트라다무스

복도 몇 미터 앞을 음침한 고대 문자가 새겨진 시커먼 콘

크리트 벽이 가로막고 있어. 남들은 어떨지 몰라도 내 눈에는 음침해 보여. 지옥에서 온 공식 문서처럼 형광 라일락색 페인트로 거대한 봉인이 찍혀 있어. 중앙에는 로마 숫자로 'VII'이 있고, 거기에서 거리의 갱들이 벽에 그린 것처럼 끝없는 실로 이루어진 기호들이 나선형으로 뻗어 나와 있어. 지그재그로 그려진 선과 복잡한 소용돌이며 화살과 괄호 표시들뿐, 단 한 글자도 알아볼 수가 없어. 하지만 모두 꽤 암시적이야.

너츠크래커
막다른 골목뿐이라고?

몬스트라다무스
그게 다야.

너츠크래커
그게 다란 말이야?

몬스트라다무스
흠, 정확히 말하면 그렇지는 않아. 봉인 바로 아래 벽에 테이블 하나를 바짝 붙여놓았어. 테이블 옆에는 스툴이 하나 있고. 테이블 위에는 백지 한 장과 연필, 탄알을 한 발 장전한 권총이 있어.

너츠크래커

미궁은 어때?

몬스트라다무스

그 뒤에서부터 시작되는 것 같아.

오가니즘(-:

참으로 놀랍도록 명료하고 우아하군.

몬스트라다무스

네가 부러워할 만한 것이라곤 하나도 없어. 네가 있는 미궁도 막다른 골목이잖아. 더 길고 합판으로 된 파티션이 있다 뿐이지. 너츠크래커의 미궁에는 합판 대신 텔레비전이 있고. 우리 미궁에는 모두 막다른 골목이 있어. 바로 눈앞에 보이지 않고 좀 있다가 나타난다는 점만 다르지.

너츠크래커

어쩌면 바로 눈앞에 보이느냐 안 보이느냐, 그것이 핵심 인지도 몰라. '좀 있다가' 가 평생일지도 모른다는 생각 안 들어?

몬스트라다무스

그럴 수도 있겠지. 하지만 난 길을 잃을 일도 없고 탈출 할 수도 없는 이런 미궁에 질렸어. xxx에 뿔을 달고 우리 를 곧 별까지 인도해주겠다고 약속하는 이 미노타우로 스들한테도. 테세우스가 이런 것들 대신 무엇을 보게 될 지 궁금하군. 알아낼 수만 있다면 얼마나 좋을까.

너츠크래커

그가 무얼 보게 될지가 왜 궁금한데?

몬스트라다무스

IMHO*, 너츠크래커, 탈출할 가능성은 나가는 길을 보느 냐 못 보느냐에 달려 있으니까.

---

* in my humble opinion. '제 소견으로는' 이라는 의미의 이메일 용어.

너츠크래커

너한테 이미 말했잖아. 헬름홀츠한테는 꼭 그런 식은 아니라니까. 헬름홀츠는 네가 보고 싶은 것은 뭐든지 볼 수 있어. 자기 헬멧의 설계도까지도 볼 수 있다고. 그에게 도움 될 만한 것이라면 뭐든 가능하단 말이야.

몬스트라다무스

테세우스의 머리가 어깨 위에 붙어 있는지 아니면 공포의 헬멧에 붙어 있는지 그게 알고 싶어. 이봐, 테세우스! 내 말 다 듣고 있는 거 알아!

너츠크래커

몬스트라다무스, 솔직히 말하면 난 네가 테세우스라고 생각했어.

오가니즘(-:

난 몬스트라다무스가 미노타우로스라고 믿었는데.

몬스트라다무스

말했잖아. '희망의 거품'이 터질 때 '격리판 미궁'의 어느 부분에 있었느냐에 달려 있다니까.

사트릭

너희들은 내가 테세우스라고는 생각 안 해봤어?

너츠크래커

오 안녕, 사트릭! 알다시피, 단 한 번도…

오가니즘(-:

그런 생각은 꿈에도 해본 적 없어.

사트릭

젠체하지 마, 재수 없는 놈 같으니라고.

오가니즘(-:

좋아, 난 빠질게. 너희들끼리 얘기해.

사트릭

몬스트라다무스가 방금 한 말이 맞아? 네가 보는 것에
따라 모든 것이 결정된다는 거 말이야. 누군가 가장 중요한 문제의 답을 볼 수 있는 사람이 있다면, 그가 바로 테세우스야. 내 말이 맞나, 몬스트라다무스?

몬스트라다무스

그럴 수도 있겠지. 하지만 가장 중요한 문제가 정확히 뭔데?

사트릭

내 말 들어봐. 우리가 절대 한꺼번에 나올 수 없고, 차례대로만 나올 수 있다는 거 알아챘어?

몬스트라다무스

흥미로운 관찰이군. 스크린에 글쓰기 말인가?

사트릭

통틀어서 말이야. 그 질문을 이해하지 못했다면, 다른 식으로 질문해볼게. 공포의 헬멧은 기계야. 무엇으로 움직일까? 석유 대신 무엇을 쓸까?

너츠크래커

몬스터, 저 녀석 횡설수설하는군. 섬망증이야. 저 녀석 한 잔 해야겠는데.

몬스트라다무스

잠깐만, 너츠크래커. 그래서 석유 대신 무엇이 필요해?

너츠크래커

보드카?

사트릭

웬 보드카? 넌 내가 주정뱅이 xxx라서 아무것도 모를 줄 알아? 석유 대신 테세우스라고.

몬스트라다무스

풀어서 얘기해줘.

사트릭

아리아드네가 거울을 들여다보았더니 베일을 두른 모자를 쓰고 있었는데, 나중에 보니 공포의 헬멧이었다던 애

248

기 기억하지? 전체를 돌아가게 하는 석유는 그녀였어. 알겠어? 모든 것은 그것을 보는 사람으로부터 만들어져 나온다고. 그 외에는 어떤 것으로도 만들어질 수 없어. 사람이 없으면 모자도 베일도, 은방울꽃도 없을 거야. 아무것도 없다고. 알아듣겠어? 테세우스는 거울을 들여다보는 사람이고, 미노타우로스는 테세우스가 보는 자야. 왜냐하면 테세우스가 공포의 헬멧을 쓰고 있으니까.

몬스트라다무스

그럼 미노타우로스는 환상에 불과하다는 거야?

사트릭

내 말을 귀담아들었으면 내가 말하려고 하는 의미를 알아들을 텐데. 그는 구멍을 통해 거울 속의 자기 모습을 보고 있기 때문에 뿔 달린 이 청동 면상(面上)을 보게 되는 거야. 테세우스가 없으면 xxx 미노타우로스도 없어.

너츠크래커

알아들었어, 몬스터?

몬스트라다무스

알아듣고말고. 배트맨 가면을 쓰고 거울을 보면 배트맨이 보이겠지. 하지만 가면이 가면을 볼 수는 없지.

사트릭

바로 그거야. 공포의 헬멧은 테세우스가 보는 반사된 상일 뿐이야. 하지만 실제로 미노타우로스가 존재한다고 판단하고, 그에게 서약을 하고 함께 삶의 의미를 논하기 시작하면, 바로 그때 미노타우로스가 출현하는 거지. 그러면 어떻게 되겠냐고! 그럼 다시는 공포의 헬멧을 벗을 길이 없어. 이제 알겠냐, 이 버러지 같은 놈들아? 난 다 알고 있다고.

너츠크래커

저 녀석 눈에는 작은 분홍색 미노타우로스가 방을 빙빙 돌며 뛰어다니는 모습이 보이나봐. 지금 내가 이해한 바로는 그게 미궁이야! 그럼 어딘가로 가지 못해 안달복달 속을 끓일 필요가 없지.

몬스트라다무스

그런데 왜 우리가 버려지야?

사트릭

너희들은 공포의 헬멧의 부스러기에 불과하니까. 난 오래전에 이미 다 알았어. 너희들의 친구고 적이고 할 것 없이 모조리 다 부스러기에 불과하다는 것을 안다면 그거야말로 죽여주는 얘기지. 너희들에 대해서 하는 말이 아니야. 너희들은 내 친구가 아니야. 적도 아니고. 하지만 너희들도 갈데없는 부스러기들이야. 몬스트라다무스, 그리고 너츠크래커, 너희들은 뿔이야. 언젠가는 좀 지나치게 튀어나오게 될 거야. 아리아드네는 미궁이야. 하지만 그렇게 나쁜 여자는 아니야. 괜찮은 여자지. 어글리는 구역질나는 과거야. 오가니즘은 그보다 다섯 배는 더 토하고 싶어지는 미래고. 또 누가 있지? 로미오와 그의 이졸데? 그들은 xxx 범벅이 될 이중의 xxx지.

너츠크래커

그러면 네가 테세우스야?

사트릭

그래. 난 너희들에게 절대 말하지 않으니까.

너츠크래커

증거가 뭔데?

사트릭

너희들은 모두 그림자에 불과하고, 여기에서 유일하게 나만 살아 있는 사람이라는 거지. 너희들은 내 뇌의 주름에 걸어둔 족쇄일 뿐이야. 롤스로이스니, 롤리타니, 페라리니, 베를루스코니*니, 털을 깨끗이 밀고 좋은 향기를 풍기는 미인이니, 기가 막히게 환상적인 TV 퀴즈니, 너희들은 매일같이 돈이 열리는 나무 밑에서 사기를 당하고 있는 거라고. 전부 다 너희들이 내 머릿속에서 만들어낸 거야! 너희들은 내 머릿속에서 그런 짓을 다 하지만, 난 너희들에게 아무것도 아니야, 하지만 너희들은 나에게 전부지, 어? 내 xxx 머릿속에서 말이야! 하지만 너희들을 죄다 쓸어다버리고 말겠어.

---

* 이탈리아의 경제인이자 정치가. 다양한 미디어 그룹, 프로축구단 'AC 밀란' 등을 보유한 이탈리아 최대의 재벌이다.

너츠크래커

몬스터, 넌 무슨 말인지 좀 알아들었지?

몬스트라다무스

약간은. 하지만 다 이해한 것은 아니야.

너츠크래커

라틴어를 번역해줄래?

몬스트라다무스

여기 아주 심오한 사상이 있어. 그는 공포의 헬멧이 정신
의 내용물이라고 말하려고 해. 그리고 존재하는 것은 그
것들, 즉 내용물이고, 내용물이 발생하는 마음은 존재하
지 않는다는 것을 입증함으로써 마음을 대체하려는 시
도를 하는 거야. 아니면 마음은 기능에 불과한 것이라고
하거나.

너츠크래커

누구한테 증명하려 한다는 거야?

몬스트라다무스

내용물 자신에게. 물론 마음이 아니라. 사트릭이 말했듯이, 마음은 xxx를 줄 수 없어.

너츠크래커

그러면 어디에서 증명해?

몬스트라다무스

어디라니, 무슨 소리야? 마음속에서지. 달리 어디겠어?

너츠크래커

이번 고개는 맨정신으로는 넘기 힘든걸. 적어도 난 그래.

사트릭

잘 들어, 몬스트라다무스, 넌 대단한 녀석이야! 거기까지 생각하다니 훌륭해! 나도 이해하기 힘들었는데 말이야. 좀 복잡하지, 어? 네가 그 생각을 끝까지 계속한다면 영국 천체 물리학자와 xxx 과학 아카데미를 전부 다 감방에 처넣어야 할걸!

몬스트라다무스

그들을 굳이 감방에 넣을 이유가 뭐 있어? 그따위 어릿
광대들한테 누가 신경이나 쓴다고.

사트릭

오호! 넌 인정머리도 없는 놈이구나? 테세우스, 네가 테
세우스야. 두말할 필요도 없어.

너츠크래커

너도 진짜 테세우스야, 사트릭. 너 혹시 나가는 길도 이
미 찾은 거 아니야?

사트릭

벌써 옛날에 찾았지. 출구 앞에 이 뱀들이 기어 다니고
있어. 하지만 뱀이 사라지기만 하면 나도 뜰 거야.

:- (( ))

몬스트라다무스

아리아드네! 안녕?

아리아드네

안녕.

몬스트라다무스

난쟁이를 만났어?

아리아드네

응.

몬스트라다무스

얘기해줘.

아리아드네

나는 분수 앞 광장의 건물 안에 있었어. 내가 얘기한 적
있지? 오래전에 화재가 났었고, 그후로 여러 차례 수리
하려고 애썼지만 결국 포기한 것처럼 건물은 어둠침침
하고 음산해 보였어. 내부도 똑같더군. 그을린 잔해를 살
짝 눈가림만 해놓은 듯한 느낌이었어. 그때의 느낌을 말
로 설명하기 힘들어. 모든 것이 다 값비싸고 세련된 새것
이었어. 유리 궁전을 사무실로 쓰려고 임대한 것처럼 말

이야. 공기는 맑고 시원했어. 탄 냄새 따위는 전혀 나지 않았어. 하지만 벽에 댄 참나무 판자를 뜯어내면 연기로 까맣게 그을린 돌벽이 보일 것만 같았어.

몬스트라다무스
같은 건물인 줄은 어떻게 알았어?

아리아드네
창가로 가서 밖을 내다보았지. 밑에 애스터리스크를 처음 보았던 뱀이 있는 분수가 있더군. 분수에서부터 뻗어나간 넓은 길을 따라 화분에 심은 종려나무가 죽 늘어서 있었어. 길은 도시 맨 끝까지 이어져 있었는데 노란 잎으로 뒤덮인 거대한 아치에서 끝났어. 아치 앞에는 트럭 한 대 크기는 될 만한 청동 두상이 세워져 있었어. 귀에 사다리를 기대 세워놓는데, 이마에는 금으로 된 별표시와 함께 이런 글귀가 새겨져 있었어. "미지(未知)의 헬름홀츠의 무덤".

너츠크래커
어떻게 창문으로 그런 것들을 다 내다볼 수가 있었어?

아리아드네

그저 그쪽을 봤을 뿐이야.

너츠크래커

그 거리에서 글자를 읽을 수 있었단 말이야?

아리아드네

꿈에서 거리가 무슨 상관이야? 꿈을 꾸는 대로 다 나오
는 거잖아. 난 이마에 비문이 새겨져 있는 꿈을 꾸었어.
거리에 대해 꿈을 꾼 것이 아니라고.

몬스트라다무스

잘 알겠어. 그밖에 무엇을 봤어?

아리아드네

중심가에서 멀어질수록 집도 드문드문했어. 도시의 경
계는 원형의 벽으로 둘러싸였고, 그 바깥에는 다양한 톤
의 베이지색 사막이 있었어. 한참 더 멀찍이 떨어진 곳에
는 암청색 산이 있었어. 어쩌면 해질녘 구름이었을지도
몰라. 그때 난쟁이 하나가 복도에 나타나는 바람에 그 외

에는 볼 틈이 없었어. 그는 어딘가로 서둘러 가던 참이었는데, 잔뜩 성난 기세였어. 느슨하게 걸친 옷에 벨트를 두르고, 벨트에 작은 사브르*를 대롱대롱 매달고 있더군. 그는 발길을 멈추지도 않고 나한테 몸짓으로 따라오라고만 했어. 우리는 계단을 오르기 시작했지. 그에게 질문을 했지만 조용히 하라고 하더군. 누군가 주군을 죽이려고 위협하고 있다는 거야. 그래서 지금은 질문이고 대답이고 전부 엄격하게 기록되고 있는 중이라고 했어. 주군을 죽이려는 자가 누구냐고 물어보았지만, 그 질문에 대한 답도 기록된다고 나지막이 속삭이더군. 우리는 넓고 확 트인 공간에 이르렀어. 그곳에는 마치 무슨 문서 보관소처럼 벽을 따라 서류철을 넣은 선반들이 똑같이 죽 세워져 있었어. 가운데에는 폭이 오십 센티미터쯤 되는 2인용 원형 탁자가 있고, 그 위에는 빙글빙글 돌릴 수 있는 작은 목제 원반이 있었어. 위의 원반을 돌리면 어느 요리든 손이 닿도록 옛날 식당에서 썼던 그런 탁자였어. 난쟁이는 탁자에 앉더니 자기 반대편 자리를 가리키더군. 나도 자리에 앉았어. 내 앞 탁자 위에는 진짜 거위 깃

---

* 기병도(騎兵刀).

털펜과 함께 잉크병과 종이를 넣은 서류철이 놓여 있었어. 난쟁이 앞에도 똑같은 잉크병과 서류철이 있었고. 나더러 내 질문을 쓰라고 말하고는 나무 원반 위에 종이를 한 장 놓았어. 나는 이렇게 썼지. "누가 미노타우로스를 죽이려 하지?" 깃털펜은 정말 가늘게 잘 써지더군. 그 동안 난쟁이는 자기 서류철에서 종이를 한 장 꺼내 자기도 뭔가 썼어. 우리는 회전하는 나무 원반 위에 종이를 놓았어. 난쟁이는 백팔십 도 돌려서 자기 앞에 내 질문이 오도록 했고, 나는 그의 대답을 받았어. 대답은 짤막했어. "너는 이미 알고 있다." 그 글귀는 맨 위에 장식을 넣은 종이에 씌어 있었어. 그는 내 질문을 읽을 필요도 없었어. 벌써 알고 있었던 거야.

너츠크래커

맨 위에 장식을 넣은 종이라고? 어떤 장식이었는데?

아리아드네

월계수잎 문양에 작은 별이 찍혀 있었어. 굉장히 인상적이었어. 손가락으로 만질 수도 있었어. 엠보싱 처리가 되어 있었거든. 장식 아래에는 'per aspera ad asterisk' 라는 글귀가 씌어 있었어. 비치는 무늬도 종이에 넣었더군. 그뿐 아니라 페이지 위쪽 오른편 귀퉁이에는 세 자리 숫자가 씌어 있었어. 백지에 번호를 매겨놓았더라고. 몬스트라다무스, 궁금한 게 있는데, 그 글귀가 무슨 뜻이야?

몬스트라다무스

'고난을 뚫고 별에게로' 라는 표현이야. 이 경우라면 의미가…

오가니즘(-:

xxx를 뚫고 xxx에게로.

몬스트라다무스

흠, 정확히 시적 표현이라고는 하기 어렵군. 그다음에는 뭐가 나왔어, 아리아드네?

아리아드네

그 밑에 질문을 썼고, 난쟁이가 대답을 썼어. 종이에 적힌 내용을 전부 타이프 쳐 올리면 어떨까?

몬스트라다무스

'타이프 쳐 올린다'니 무슨 말이야? 종이를 갖고 있단 말이야?

아리아드네

응.

몬스트라다무스

어떻게 손에 넣었어?

아리아드네

나도 몰라. 잠에서 깨어보니 침대 옆에 종이가 놓여 있었어. 방을 치우는 사람들이 갖다놓았나봐.

몬스트라다무스

그런데 넌 아무것도 눈치 채지 못했어?

너츠크래커

몬스터, 넌 꼭 황소로 변해서 꼬리에 매달린 종을 발견하고 경악하는 사람 같아.

몬스트라다무스

그건 황소에 대한 일종의 암시인가?

아리아드네

네 질문에 대답하고 뭐 좀 먹을게, 괜찮지? 그런 다음 너희들끼리 실컷 떠들든지 말든지 좋을 대로 해.

몬스트라다무스

물론 되고말고, 아리아드네.

아리아드네

첫번째 질문은 벌써 말했지? 계속할게.

질문:

"어떻게 그밖의 모든 것이 무(無)에서 만들어질 수 있나?"

답:

"다음 질문에서 그 답을 알지어다."

다음 질문:

"공포의 헬멧이 어떻게 헬멧의 일부 속에 있을 수 있나?"

답:

"공포의 헬멧은 존재하는 유일한 사물을 존재하지 않는 다수의 사물로 세분화한다. 그러나 공포의 헬멧은 결코 존재하는 유일한 사물이 아니므로, 존재하지 않는 다수의 사물 중 하나이기도 하다. 또한 존재하지 않는 다수의 사물은 상상할 수 있건 없건 모든 종류의 가능한 관계로 들어갈 수 있다. 왜냐하면 이 관계들은 공포의 헬멧 속을 제외하고는 그 어디에도 존재하지 않는데, 공포의 헬멧 자체가 실제로는 존재하지 않기 때문이다."

질문:

"그 말은 공포의 헬멧 안에 또다른 헬멧이 있고, 그 헬멧 안에 또 헬멧이 있는 식으로 양방향으로 무한히 전개된다는 뜻인가?"

답:

"A라는 이름의 개인은 B가 쓴 공포의 헬멧의 일부이고, B라는 개인은 동시에 A가 쓴 공포의 헬멧의 일부가 될 수 있다. 이것이 양쪽 방향으로의 궁극적인 무한성인데, 두 사람 모두 아주 훌륭한 사람들인 경우가 많다."

질문:

"뒤로 땋은 머리에 대해서 좀 얘기해줄 수 있나?"

답:

"길고 두껍게 땋을수록 여자아이들한테 잘 어울린다."

너츠크래커

대단히 논리적이군.

아리아드네

질문:

"격리판 미궁은 어떻게 작동하나?"

그랬더니 무슨 일이 벌어졌는지 알아? 난쟁이는 내가 질문을 미처 다 쓰기도 전에 답을 휘갈겨 썼어. 내가 다 쓰기를 기다려서 자기가 쓴 것을 탁자 위에 던져놓고 돌리기 시작했어. 그런데 반쯤 돌리다가 갑자기 멈추더니 신중한 어조로 이렇게 묻는 거야. "당신은 우리 손님으로 머무는 것이 만족스러운가? 솔직히 말하라." 그래서 이렇게 말했지. "별로 만족스럽지 않아요. 사실 탁 털어놓고 얘기하면 전혀 즐겁지 않아요." 그러자 그는 나무 원반을 돌렸어. 대답이 씌어진 종이를 받아보니 이렇게 적혀 있었어. "그것이 바로 미궁이 작동하는 방식이다."

오가니즘(-:

알았어. 그건 그렇고 그에게 공포의 헬멧에 왜 그런 이름이 붙었는지 물어봤어? 내가 물어봐달라고 부탁했던 거 기억나?

아리아드네

기억나. 가까스로 그 질문을 마지막으로 던졌어.

오가니즘(-:

그랬더니?

아리아드네

난쟁이가 양해를 구하더군. 종이가 다 떨어졌다는 거야. 하지만 짤막하게 대답해주겠다고 약속했어.

너츠크래커

그래서 어떻게 됐어?

아리아드네

나팔 소리 같기도 하고 트럼펫 소리 같기도 한 것이 낮고 불길하게 울려왔어. 어쩌면 짐승이 포효하는 소리였을지도 몰라. 난쟁이는 너무 놀라 바닥에 잉크병을 떨어뜨렸어. 잉크병이 깨져 탁자 옆에 푸른색 웅덩이를 이루었지. 그는 주군께서 도와달라고 자기를 호출하고 있다면서 달려나갔어. 그는 나가면서 곧 피를 보게 될 테지만, 보복이 뒤따를 거라고 소리쳤어.

너츠크래커

피라고?

아리아드네

응.

로미오-이-코히바

너희들 벌써 끝났냐? 이래가지고 다른 사람은 입이나 뻥끗할 틈이라도 있겠어?

너츠크래커

아무도 널 막지 않아, 로미오.

로미오-이-코히바

이졸데, 거기 있어?

이졸다

응. 어제는 어떻게 집에 돌아갔어, 이 짐승?

로미오-이-코히바

짐승이라니?

이졸다

그런 일이 있은 후인데 그럼 내가 너를 뭐라고 부를 줄 알
았어?

로미오-이-코히바

무슨 일 말이야?

이졸다

네가 그런 짓을 하고 난 다음에 말이야.

로미오-아-코히바

나? 내가? 내가 어떻게 했다는 거야?

이졸다

딴전 피우지 마.

로미오-아-코히바

다들 있는데 계속해야겠어?

이졸다

남들 보기엔 그렇게 부끄러운데 나한테는 아무렇지도 않단 말이야! 게다가 나한테 자기가 무슨 짓을 했느냐고 물어보다니 어쩌면 그렇게 뻔뻔스러울 수가 있어? 좋아, 얘기해주지. 야비한 짐승, 딱 그 짝이었어. 무슨 짓을 하고도 넘어갈 수 있다고 생각할 만큼 수치심이라곤 눈곱만큼도 없는 썩어빠진 짐승 같으니. 아니, 그보다도 훨씬 더 나빠.

로미오-아-코히바

나 원 참. 넌 어떻게 그럴 수 있지? 나라고 할 말이 없을 줄 알아? 네가 어제 써먹은 구역질나는 계책에 모독을

당한 기분이었어. 마치 내 영혼에 오물을 뿌린 것 같았어. 내 마음은 뿌예졌고 살아갈 의욕마저 사라졌어.

이졸다

살고 싶은 마음이 없어질 정도로 오물을 뿌렸다니, 누가 할 소리를. 차마 내 손으로 그 단어를 타이핑할 수가 없었어. 내 기분이 바로 그런데도 말이야. 추호도 의심하지 않았는데…

로미오-이-코히바

이제 됐어. 그 말만은 나도 하고 싶지 않아. 그러니 거기까지만 해. 어제 거기까지 가느라고 시간이 얼마나 걸렸는지 알아? 무슨 이유였는지 알아? 처음에는 길을 찾지 못했어. 내가 모퉁이마다 남겨두었던 표시를 누군가가 다 바꿔놓았던 거야. 나는 길을 잃고 헤매다가 처음 보는 곳까지 갔어. 그 길은 막다른 골목이었고 영국 문장(紋章)이 그려진 빨간색 구식 전화부스가 있었어. 옛날 런던에 있었던 전화부스였어. 나는 안으로 들어갔지. 이런 글귀가 씌어진 팻말이 걸려 있었어. "동부, 블라인드 4번가, 햄프턴 코트 미로." 그리고 그 밑에 연필로 전화번호와 이졸데라는 이름이 적혀 있었지. 한참 전화를 걸려고 해 봤지만 계속 통화중이었어. 결국 아무 소용 없었어. 하지만 다이얼을 돌릴 때마다 그 짧은 순간만큼은 곧 네 목소리가 들려올 거라고 믿었어. 나의 로졸데. 나의 리갈리타. 그 희망, 그 영혼의 말 없는 떨림이라니. 스키를 타고 눈구름 속으로 점프해 나아가려고 점점 속력을 높여 돌진할 때처럼, 네 잘못된 번호의 마지막 자리를 부드럽게 누르고 처음으로 다시 돌아가 끝없이 여덟 자리를 되풀이해 누르는 사이 내가 느꼈던 그 모든 감정, 그것은 행복감이었어. 여덟 자리 숫자는 한 입술 위에 다른 입술이 포개어진 두 쌍의 입술 같기도 하고, 창문 너머로 삐뚤빼뚤 늘어선 관목숲 같기도 했어.

이졸다

너무 감동적이라 눈물이 다 날 것 같군. 그렇게 한껏 고상한 감정에 취하고 나서 어떻게 그런 짓을…… 그런 짓을 할 수 있어? 나로서는 뭐라고 불러야 좋을지도 모를 그런 짓을 말이야. 구역질나는 소아 성도착증이라고 해도 좋을 정도였어.

로미오-이-코히바

내가 무슨 짓을 했다는 거야? 너도 몸 사리지 않고 다 했잖아. 내가 비난받을 짓을 했다면 저항하지 않았다는 것뿐이야. 정말로 아파오기 전에는 진짜로 하고 싶었던 것이기는 하지만.

이졸다

어쩜 그렇게 뻔뻔스럽게 거짓말을 할 수가 있지? 하긴 너한테서 내가 뭘 더 기대하겠어?

몬스트라다무스

말참견 좀 할게. 너희들이 싫어할 줄은 알지만, 행여나 내가 너희들의 생각을 새로운 쪽으로 돌릴 수 있을까 해서 말이야. 이졸데가 공원에서 보았다는 지도에는 '베르사유의 미궁 지도'라고 씌어 있었다며? 하지만 로미오가 전화를 걸었던 전화부스는 팻말에 씌어진 대로라면 런던 교외에 있었잖아. 내가 무슨 얘기 하려는지 알겠지?

너츠크래커

나라면 그 표지판을 심각하게 받아들이지 않겠어. 이졸

데의 문 밖에 있는 베르사유나 로미오의 런던이나 진짜
일 리가 없잖아. 어글리라면 악령이 우리를 어디엔들 못
갖다놓겠느냐고 하겠지. 어글리 말이 틀림없을걸.

몬스트라다무스
그 말도 일리가 있어. 하지만 어느 차원이든 나름대로 고
유한 법칙이 있는 거야. 우리가 있는 곳이 지옥의 변두리
어딘가라고 해도, 한 명은 '베르사유'를 보고 다른 사람
은 '런던'을 본다면, 악마가 둘을 다른 장소에 갖다놓았
다고 가정해야 옳겠지.

이졸다
별 말 같지 않은 소리를 다 듣겠네.

로미오-아-코히바
지나친 억측이야.

몬스트라다무스
하지만 로미오, 이졸데, 도대체 무슨 근거로 너희들이 서
로 가까이 있다고 생각했어?

로미오-아-코히바

우리 주변이 다 똑같으니까.

너츠크래커

완전히 다 똑같아? 덤불도? 덤불은 어디나 다 똑같잖아.

몬스트라다무스

특히 두 개의 다른 스크린에 뜬 '덤불' 이라는 글자.

로미오-아-코히바

발밑의 흙까지도 똑같은 베이지색인걸.

몬스트라다무스

베이지색이 무슨 색인데?

로미오-아-코히바

무슨 색이라니, 무슨 말이야?

몬스트라다무스

다른 말로 설명해봐.

로미오-이-코히바

흑갈색.

이졸다

흑갈색이 무슨 베이지색이야? 베이지색은 밝은 노란빛이 도는 회색이야!

너츠크래커

것봐. 이제 알겠군. 로미오는 이졸데를 만나러 길을 나섰다가 줄리엣과 마주친 거야. 이졸데는 로미오를 만나러 나섰다가 결국 트리스탄의 손에 잡혔던 거고. 그렇게 가정한다면 줄리엣과 트리스탄은 동일 인물이야. 이런 경우에는 실제 '인물'이라고 부르기는 힘들겠지만. 속이 텅 빈 가면에 더 가깝다고 봐야지. 아니면 '헬멧'이라고 할까?

로미오-이-코히바

웃기지 마, 이 xxx 말재주꾼아. 입 닥쳐!

너츠크래커

확실히 소름끼치는 비유이기는 한데. 물론 서큐버스*와 잉큐버스**야 새로울 것도 없지만, 이 무시무시한 차원에서는 한쪽만이 아니라 동시에 양쪽을 다 상대할 수 있는 줄리에트리스탄이랄까 뭐 그런 유령 같은 존재가 출현할 수도 있어.

어글리 666

이 차원에서만이 아니야. 왜 간통이 그렇게 혐오스러운 죄악이겠어? 욕정에 눈먼 간통자는 실제로는 웃고 있는 악마와 교접하는 거야. 그렇기 때문에 교회가 우리에게 그렇게 가르치는 거라고.

오가니즘(-:

로미오, 벽 뒤에서 웃음소리 같은 거 못 들었어?

---

*잠자는 남자와 성교한다는 마녀.
**잠자는 여자와 성교하기 위해 돌아다니는 남자 악마.

너츠크래커

참으로 교훈적이군. 헬름홀츠는 자기가 누구와 xxx하는
지도 몰라. 아니면 누가 자기와 xxx중인지도. 벽에 걸린
그림일 수도 있고 헬멧의 접안경 속에서 두어 번 깜박인
불빛일 수도 있지만, 실제로 자신이 열정을 쏟은 상대는
전혀 알 수 없다고.

오가니즘(-:

잘 이해가 안 가는데. 어떻게 미노타우로스가 동시에 양
쪽을 상대할 수 있다는 거지? 그가 자기 자신과 xxx한다
는 말이야?

너츠크래커

아니야. 로미오에게는 이졸데가 되고, 이졸데에게는 로
미오가 된다는 거지. 하지만 네 얘기가 훨씬 더 흥미로운
데. 따져볼 가치가 있어. 자, 신사 숙녀 여러분, 저의 무
례를 부디 용서하시기 바랍니다. 별채에서 정확히 무슨
일이 있었지? 난 부끄러워서 차마 상상을 할 수가 없어.
"오, 네 손가락으로 네 엉덩이를 따라 올라가기는 너무
힘들어" 이런 이야기라도 한 거야? 아니면 파리에서의

마지막 탱고? 물론 난 진부한 식으로밖에는 머리가 안
돌아가. 로미오, 네가 좀 더 상세히 말해줄 수 있겠지?

로미오-아-코히바
응, 할 수 있지. 한 번만 더 우리 사생활에 코를 쑤셔 박았
다가는 너를 찾아내 네 뇌가 벽에 온통 지저분한 생각을
늘어놓도록 실컷 xxx를 해주마.

너츠크래커
나를 어떻게 찾아낼 셈인지 궁금한데? 난 이졸데가 아니
야. 우리 사이에 쪽문 따위는 없다고. 알다시피 너희 둘
사이에도 없었지만.

로미오-아-코히바
내가 마음먹고 잘 보기만 하면 찾을 수 있다는 것만 기억
해둬.

너츠크래커
네가 왜 그렇게 흥분하는지 이해가 안 돼. 그들이 네 코치
바를 잘라낼 때 칼이 미끄러지기라도 했니? 그건 내가 아

니었다니까, 이 얼간아, 너의 줄리스탄이라고.

로미오-이-코히바

좋아. 너츠크래커, 너를 죽이러 갈 테다.

너츠크래커

난 xxx를 줄 수 없었어, 공포의 헬멧을 쓰고 있단 말이야.

아리아드네

그럴 필요 없어.

오가니즘(-:

줄리스탄이라. 악의 축 한가운데 있는 작지만 아주 사악한 나라 이름같이 들리는군.

아리아드네

그건 그렇고, 줄리스탄이라는 단어를 본 적 있어.

몬스트라다무스

어디에서?

아리아드네

난쟁이에게 질문을 던졌던 곳에서. 그 서류 보관소 말이
야.

몬스트라다무스

그 얘기는 안 했잖아.

아리아드네

난쟁이가 달려가버린 후 난 서고에 혼자 남았어. 처음에
는 탁자에 계속 앉아서 난쟁이가 돌아오기를 기다렸지.
하지만 아무리 기다려도 오질 않는 거야. 그래서 일어나
벽을 따라 늘어선 서류철을 살펴보았지. 별게 다 있었어.
미노타우로스에게 패배당한 적들한테서 받은 증언 녹취
서도 있고, 다른 미노타우로스가 미노타우로스를 심문
한 기록도 있고. 선반 하나는 미노타우로스들이 자기들
말로 '따로 또 같이'라고 부르는 자기들끼리 한 반대 심
문 기록으로 꽉 차 있었어. 그들은 뿔 생각을 하고 있었
던 게 틀림없어, 그렇지? 하지만 너희들과 내가 물었던
소위 영원한 질문들에 대한 답이 서류철의 가장 많은 부
분을 차지하고 있더군. 서류는 다 오래 묵어서 누렇게 바

랬고 먼지투성이였어. 글자가 빽빽이 적힌 종이들이 그
글자를 적은 사람들이 이미 죽었을 때 어떤 냄새를 풍기
는지 알고 있니?

몬스트라다무스
그중에서 뭐 기억나는 거 있어?

아리아드네
여기 여러 서류철에서 뽑아온 종이 뭉치가 있어. 잠에서
깨어나보니 난쟁이의 답 옆에 이것들이 놓여 있지 뭐야.
그다지 새로운 것은 없어. 영원한 질문들에 대해 시원한
답은 없나봐. 그러니까 영원하겠지 뭐.

몬스트라다무스
좀 읽어줘봐.

아리아드네
질문:
"존재하는 것은 왜 존재하는가?"
답:

"시간을 더 즐겁게 보내기 위해서."

질문:

"공포의 헬멧 외 어디에도 존재하지 않는다면, 왜 시간을 보내기 위해 그렇게 많은 사건과 존재를 쌓아올려야 하는가?"

답:

"사건과 존재들 또한 공포의 헬멧 속이 아닌 그 어디에도 축적될 수 없다. 그러므로 신사 숙녀 여러분은 상관 마시기를 바란다."

다음은 뭐지…… '격리판 미궁'에 관하여…… "하지만 누구란 말인가?……" 좋아, 바로 이거야. "거기에서 그 외에 누가 만들어지는가?" 역사 연대기 리뷰에서 뽑은 몇 페이지가 있고, 반대 주장에 대한 분석도 있네. 어떤 텍스트에서는 미노타우로스가 미궁을 건설한 장본인이라고 해. 또다른 텍스트에서는 만 팔천 명의 미노타우로스가 두 줄로 나뉘어 미궁을 건설했다고도 하고. 또 어떤 텍스트에서는 이 줄이라는 것은 은유적인 의미로 이해해야 한대. 미궁은 두개(頭蓋)의 정신적인 결절 내지는 반구로 만들어져 있는데, 두 개의 뿔이 이를 상징한대. 뭐 대충 그런 얘기들이야. 그리고 여기 맨 끝에 줄리스탄에 대한 내용이 몇 페이지 있어. 이 페이지들은 진짜 오래되고 바래서 완전히 달라 보여. 너무 오래되어서 알아보기 힘든 부분이 많아. 기묘하면서도 아름다운 필체로 빽빽이 덮여 있어. 줄리스탄 동굴에 새겨진 비문을 번역한 거야. 진짜 비문은 동굴과 함께 이미 파괴된 지 오래고, 남은 것은 복사본을 다시 베낀 것뿐이야. 단편적인 번역문들이지. 짧고 앞뒤가 안 맞는 것도 있고, 좀더 긴 것도 있어. 좀 읽어줄까?

몬스트라다무스
물론 좋고말고.

아리아드네
"좋아하는 일이라면 무엇이든 걱정일랑 훌훌 털고 시작하면 되지 않겠는가……?"

몬스트라다무스
무얼 시작한다고?

아리아드네

너 벌써 걱정하고 있는 것 같아. 기다려봐, 이 페이지가
아니네. 여기부터야. "아스테리오스는 우리 앞에 있고
우리 안에 있는, 특히 '앞'과 '안'에 있는 모든 것이다.
그는 정신 속으로 난입해 들어와 이 세계와, 온갖 목소리
로 서로 자신 있게 논쟁하는 우리의 이성을 시뮬레이션
한다. 이를 이해하면 곧 아스테리오스를 보게 된다. 좋아
하는 일이라면 무엇이든 걱정일랑 훌훌 털고 시작하면
되지 않겠는가……"

어글리 666

저런 넋 나간 소리에 정신 팔 게 아니라, 진짜 현실에서
무엇을 해야 할지 생각해봐야 하지 않아? 곧 피를 보게
될 거라느니 저런 말 듣기 싫다고.

아리아드네

"아스테리오스에게 권능을 부여하는 숨겨진 진짜 이름
은 아스테리오스이며, 그것은 바로 우리이다. 오랜 세월
고대 마법사들은 아무도 이해하지 못하도록 모든 비문
에서 마지막 글자를 삭제했다……"

어글리 666

이건 시간 낭비야.

아리아드네

다음 장은 이래. "인간은 나무와 같다. 머릿속의 생각은
나뭇가지에 앉은 새들의 노래와 같다. 얼마나 많은 새들
이 한 목소리로 노래해야 우리 자신이 우리가 생각하는
모습으로 나타나겠는가? 또한 나무가 진실로 자기만의
노래를 지녔는가? 아스테리오스 또한 이런 식으로 창조
된 존재이다……"

어글리 666

누가 저 미친년 입 좀 막아줘.

아리아드네

"아스테리오스의 가장 위대한 비밀은 그가 전적으로 무
익한 존재라는 것이다. 그는 스스로 창조한 것에 맞서서
스스로 창조한 것을 지키는 불멸의 보호자이다. 그의 준
엄한 표정과 드높은 지위에도 불구하고, 그의 손에 창조
된 모든 것뿐 아니라 그 자신까지도 순수한 잉여이며 공

허한 마음의 장난이고 진공의 경계선에 꽃핀 금빛 찬란한 모조 장식이다. 그러므로 풍성하게 장식된 틀 안에 설치된 이 무(無) 안에서 갑작스레 필연성의 위협이 고개를 들거나 진정한 가치의 승리를 위해 무자비한 전투가 벌어진다면, 폭소를 눈물로 바꾸는 장관이 펼쳐지게 된다. 기실 이 모든 것은 처음부터 끝까지 전적으로 무의미하기 때문이다……"

몬스트라다무스
무슨 소리야? 누구 알아들은 사람 있어?

아리아드네
"그러나 조용히 웃어야 한다. 그러지 않으면 아스테리오스의 심기를 거스를 것이다. 그는 실제로는 자신이 존재하지 않는다는 것을 모른다. 그러나 가끔씩 이에 대한 의심이 고개를 쳐들면서 크나큰 공포와 분노에 휩싸인다. 수천 년간 그가 자신을 실재(實在)로 만들고자 시도해온 수단이란 그의 세계의 모든 수수께끼처럼 끔찍하고도 어리석다. 그가 존재하지 않는다 하더라도, 그는 결국 역시 존재하지 않는 땀과 피로 흠뻑 젖은 채 종말을 맞는

다. 이로써 그가 좀더 실재가 될 수는 없지만, 그에게 이 사실을 말해줄 사람 또한 아무도 남지 않는다. 그의 곁에는 그를 피로 흠뻑 적시면서 피에 대한 복수가 뒤따르리라고 절규하는 난쟁이 하인들 이외에는 아무도 남지 않는다……"

이졸다

나도 들려. 무시무시해.

아리아드네

"아스테리오스를 두려워할 필요는 없다. 네가 그를 두려워한다면, 네가 공포의 헬멧을 쓰고 있으며, 그가 네 세계의 주재자라는 의미이다. 그러나 일단 헬멧을 벗고 나면 아스테리오스는 모습을 감추며, 비웃을 것도 남지 않는다. 헬멧을 쓰거나 벗는 것은 중대한 실수이다. 실제로는 존재하지 않으므로 헬멧을 가지고 아무것도 해서는 안 된다……"

어글리 666

점입가경이군. 그래도 이 멍청한 암소 같은 년은 그만두지 않겠지.

아리아드네

"그대는 자유롭다. 그대의 자유는 이상한 모자를 쓴 난쟁이들이 그대에게 무슨 말을 하든, 정신은 육체가 없다는 사실에 있다. 육체조차도 육체가 없다. 그러므로 공포의 헬멧을 쓸 수 있는 것도 없다. 그러나 그대가 이 사실을 이해할 때까지는 아스테리오스가 그대가 보고, 느끼고, 생각하고, 아는 전부이다. 또한 헬멧의 각 부분이 정신의 투명한 진공 속에서 벌이는 조잡한 기계적인 소극(笑劇)이 그대의 전 생애가 된다. 그대가 공포의 헬멧을 쓰고 있다면, 이것이 영원처럼 느껴질 것이다. 그러나 영원이라 해도 스쳐 지나가는 한순간 이상 지속되지는 않는다. 또한 그 순간이 지나가면 무슨 일이 일어날지는 이미 알려져 있다. 그대가 진실로 누구인가를 떠올리고 공포의 헬멧은 그대가 고안해낸 장난감에 불과함을 알게 되리라……"

너츠크래커

무슨 일이야? 도와줘! 저 바보천치 같은 로미오가…

몬스트라다무스

왜 그러는데? 저 웅성거리는 소리는 뭐야?

너츠크래커

그 녀석이 진짜로 날 찾아냈나봐. 만약 그놈이라면. 누군
가 밖에서 문을 부서져라 두드리고 있어. 그렇지 않으
면…

로미오-아-코히바

내가 아니야. 여기도 똑같은 일이 벌어지고 있어. 무서운
힘으로 타격이…

오가니즘(-:

문이 부서지고 있어.

어글리 666

최후의 시간이 왔도다! 회개하라! 십자를 긋도록 명하노
라!

너츠크래커

저자가 '격리판 미궁'의 중앙에 있는 자일까?

어글리 666

신성모독으로 최후의 시간을 낭비하지 마라!

사트릭

도대체 어떻게 된 일이야? 멈춰!

이졸다

로미오! 안녕, 몹쓸 사람!

아리아드네

내 문이 뜨거워지고 있어. 너희들도 그래?

너츠크래커

난 질식할 것 같아. 뭔가…

몬스트라다무스

그놈이다.

테세우스(Theseus)

미노타우로스!

몬스트라다무스: 아?

이졸다: 아?

너츠크래커: 아?

오가니즘(-: 아?

테세우스: 아?

아리아드네: 아?

어글리 666: 아?

로미오-이-코히바: 아?

테제우스(TheZeus)

빌어먹을.

몬스트라다무스: 무우우우우우!

이졸다: 무우우우우우!

너츠크래커: 무우우우우우!

오가니즘(-: 무우우우우우!

테세우스: 무우우우우우!

아리아드네: 무우우우우우우!

어글리 666: 무우우우우우우!

로미오-아-코히바: 무우우우우우우!

오가니즘(-:

신사 숙녀 여러분, 뭐가 뭔지 모르겠군. 그건 뭐였어?

너츠크래커

열이 식고 있는 것 같아. 소음도 멎었고.

이졸다

뭐, 모르겠어? 저건 테세우스잖아!

로미오-아-코히바

테세우스라고! 우리가 당신이 오기만을 얼마나 애타게 기다렸다고!

몬스트라다무스

테세우스라. 드디어. 어디 있어요? 우리 주위에 뭐가 보입니까?

어글리 666

흠.

오가니즘(-:

테세우스, 대답해요!

너츠크래커

그만둬. 헛일이야.

어글리 666

살짝 빠져나갔어.

몬스트라다무스

정말 가버렸나?

너츠크래커

그래.

이졸다

하지만 물론…

어글리 666
더이상 미노타우로스는 없어.

아리아드네
좀 기다려봐, 아빠.

몬스트라다무스: 내 아들아!
이졸다: 내 아들아!
너츠크래커: 내 아들아!
오가니즘(-: 내 아들아!
사트릭: 내 아들아(-:

:- (((((

오가니즘(-:
그를 찾아보는 게 어떨까? 어쩌면 아직도 믿고 있을지
모르잖아?

몬스트라다무스
뭘 믿어?

오가니즘(-:

흠, 그 xxx 기록에 있던 것 말이야. 자기가 육체를 갖고 있다는 것. 그 육체가 방에 있다는 것.

아리아드네

그는 그런 건 절대 믿지 않았어.

로미오-이-코히바

그가 우리를 구해준 셈이야. 우리를 보고 전부 죽일 수도 있었는데.

너츠크래커

아니야, 그렇게는 할 수 없어. 그는 헬멧을 벗은 적이 한 번도 없어. 그는 친절하지 않아. 단지 알고 있었을 뿐이야.

아리아드네

내가 듣기로는 누군가가 알고 있다면, 그건 바로 그가 친절하기 때문이라고 했어.

너츠크래커

난 누군가가 친절하다면, 그건 바로 그가 알고 있기 때문이라고 들었는데.

오가니즘(–:

이러나저러나 우리에게 무슨 차이가 있어? 어떻게 우리가 정체를 드러냈지?

어글리 666

우린 지금 너무 뒤죽박죽이야. 지나치게 소란을 피웠어. 베르사유니 모나리자니, 다 요점에서 벗어난 얘기들이었어.

이졸다

어글리, 넌 우리가 여기에서 살아도 상관없지, 그렇지?

어글리 666

이번에 모든 것을 다 불어버린 장본인은 아리아드네였어. 그래서 그가 우리한테서 빠져나간 거야.

몬스트라다무스

네 의견은 뭔데?

어글리 666

그에게 아무것도 말해주지 말자는 거야.

너츠크래커

그건 좀 지나친데. 그러면 자기가 헬멧을 쓰고 있는 줄 어떻게 알겠어? 우리가 존재하지 않는 것을 그런 식으로 그의 머리에 넣어줄 수는 없어. 설명해줘야 해. 그러자면 어린 시절부터 시작하는 것이 제일 좋겠지. 모든 것을 이해하지는 못한다 해도, 혼자 할 수 있을 만큼은 알려줘야지. 미궁에서라면 아리아드네만 한 안내자가 없어. 얼마나 노련한지 몰라.

어글리 666

너츠크래커, 넌 그녀가 해야 하는 일에 대해서 얘기하고 있어. 난 그녀가 이미 한 일에 대해 얘기하는 중이고. 하여간 미안하지만 기술 따위가 무슨 필요가 있어? 어차피 헬름홀츠가 안내되어 간 길이면 다 미궁인데.

몬스트라다무스

좋아, 어느 길이든 그렇단 말이지. 하지만 네 길을 따라 가려면 시간이 만만치 않게 걸릴 것 같은데, 어글리.

사트릭

뭐야, 그게 무슨 길이야?

몬스트라다무스

다시 우리와 함께 되돌아가볼래, 주인공? 신사 숙녀 여러분, 농담 하나 할게. 사트릭이 엄청난 숙취에 시달리며 잠에서 깨어났다고 상상해봐. 전날 일은 하나도 기억이 안 나. 옆에는 피웅덩이가 있어. 주위는 온통 미궁이고. 하지만 미노타우로스는 어디에도 없어. 사트릭은 눈을 들어 천장을 보면서 공포에 질려 속삭이지. "내가 그를 죽였어…… 그를 죽여서 먹어치웠어……"

이졸다

그게 뭐가 우스워? 지금 상황이 바로 그렇잖아.

어글리 666

네 농담은 미궁보다 더 고리타분해, 몬스트라다무스. 우리가 처한 심각한 상황이나 얘기해보자. 언젠가는 우리가 아리아드네 때문에 죽을 거야.

이졸다

자꾸 분란 일으키지 마, 어글리. 아리아드네가 잘못한 건 하나도 없어. 사트릭이 술에 취해 제정신이 아닌 상태에서 몽땅 털어놓았지.

사트릭

너희들은 늘 뭐든지 사트릭 탓으로 돌리는구나.

이졸다

넌 xxx에 xxx가 되어야 해. 주제넘게 웬 참견이야? 뭐 먹을 게 있다고. 이 더러운 술주정뱅이야.

몬스트라다무스

하지만 그가 어떻게 그 이름을 알아냈지?

어글리 666

아리아드네가 이말 저말 늘어놓다가 그에게 다 불어버렸잖아.

너츠크래커

그럼 그가 그 이름을 안다면 왜 우리를 사라지게 하지 않았지?

몬스트라다무스

그렇게 했어. 여기 우리에게는 그가 자신을 사라지게 했다고 느껴질 뿐이지.

어글리 666

아리아드네, 무엇 때문에 네가 우리보다 그를 더 좋아하게 됐는지 설명해줄 수 있겠어?

아리아드네

오, 지옥에나 가버려. 넌 나 대신 미궁에서 그를 인도해줄 수 있을 거야.

어글리 666

난 너에게 다시 돌아올 거야. 네 정체를 밝혀서 망신을
줄 테다.

로미오-아-코히바

도통 모르겠군. 누구 책임이야? 아리아드네야 사트릭이
야?

어글리 666

아리아드네 탓이지. 그녀가 미노타우로스에서 테세우스
옆에 있었잖아. 둘이 아주 분위기 좋았지.

아리아드네

상대를 가려가면서 입을 놀리는 게 좋을걸. 안 그랬다가
는 네 대성당 안에서 영원히 길을 잃고 뱅뱅 돌게 될 거
야, 알았어? 넌 여기 내 실 끝에 매달려 있다고. 그것 말
고는 아무것도 없어.

어글리 666

다들 들었어? 들었냐고? 아빠, 저애가 그 뱀한테로 달아나

버리면 우리 모두 어디에서 최후를 맞게 될지 생각해봤어?

너츠크래커

카산드라* 같이 굴지 마.

오가니즘(-:

지금 우리가 여기에서 무엇을 해야 하지?

몬스트라다무스

무엇을 해야 하느냐고? 계속 이야기나 해야지.

너츠크래커

나도 알아. 하지만 달리 할 수 있는 것이 있지 않을까?

몬스트라다무스

넌 한 가지를 할 능력밖에는 없어, 너츠크래커. 스크린이
나 들여다보라고. 파블로프의 암캐가 타르코프스키의

---

* 그리스 신화에 나오는 여자 예언자. 트로이의 마지막 왕 프리아모스
와 헤카베의 딸로 아폴론의 총애를 받아 예언의 능력을 지녔으나, 그녀
의 예언을 아무도 믿어주지 않는 저주도 함께 받았다.

거울을 바라보듯이.

너츠크래커

내 말은, 우리가 누가 되어야 하느냐고?

아리아드네

이제 아빠가 우리에게 말씀해주실 거야.

너츠크래커

어떻게…

몬스트라다무스: 프레 파시파에 훔 훔 미노사우로스
이졸다: 프레 파시파에 훔 훔 미노사우로스
너츠크래커: 프레 파시파에 훔 훔 미노사우로스
오가니즘(—: 프레 파시파에 훔 훔 미노사우로스
사트릭: 프레 파시파에 훔 훔 미노사우로스

몬스트라다무스

안 돼, 그것만은 안 돼! 제발!

너츠크래커

뭐야? 뭐야? 안 돼, 그것도 원치 않아. 아무도 원치 않는 다고. 하지만 어째서? 왜?

어글리 666

침착해.

로미오-이-코히바

겁먹지 마.

오가니즘(-:

침착해.

몬스트라다무스

제발, 안 돼!

어글리 666

긴장 풀어. 넌 우리 우두머리잖아. 앞장서서 헤쳐나가야 지.

몬스트라다무스: 와-아-아! 와-아-아! 와-아-아!

이졸다: 와-아-아! 와-아-아! 와-아-아!

너츠크래커: 와-아-아! 와-아-아! 와-아-아!

오가니즘(-: 와-아-아! 와-아-아! 와-아-아!

사트릭: 와-아-아! 와-아-아! 와-아-아!

아리아드네: 와-아-아! 와-아-아! 와-아-아!

어글리 666: 와-아-아! 와-아-아! 와-아-아!

로미오-이-코히바: 와-아-아! 와-아-아! 와-아-아!

아리아드네

안녕, 동생아. 어머, 그런데 너 몰골이 흉하구나.

오가니즘(-:

그래서 어쨌다는 거야, 이제 우리는 미노사우로스가 될 거야. 고대의 뱀 말이야.

어글리 666

늘 그랬잖아, 쳇. 그 인간은 성가신 골칫거리일 뿐이었어. 그 소 새끼도 마찬가지고.

오가니즘(-:

우리는 용이 될 거야. 구름 위로 날아오르고 바다 밑바닥까지 잠수할 거야. 이제는 세상에 거칠 것이 없을 거야.

몬스트라다무스

거칠 게 없다고? 하지만 우리 가운데 사트릭이 박혀 있잖아. 이젠 항상 속이 뒤집히는 기분일걸. 한시도 쉬지 않고 말이야. 아무리 깊이 잠수해도, 누구인 척해봐도 소용없다고. 롤리타라도, 롤스로이스라도 못 당해.

로미오-아-코히바

하지만 사트릭이 바다에 너무 심하게 추락해서 갈고리를 놓치면 어떻게 될까?

너츠크래커

비관적인 생각은 하지 말자고. 헬멧은 벗겨지지 않아.

오가니즘(-:

하지만 테세우스는 헬멧을 벗었어.

너츠크래커

어쩌면 아예 쓰지 않았던 건지도 모르지. 그렇지 않다면 어디에 닿을 수 있었겠어? 그곳에는 출구라곤 없는데. 지프차와 밀려드는 파도, 햇빛뿐이잖아. 그리고 물론 공포도 있지. 그저 짐작으로 하는 말이 아니라 전문가로서 하는 말이야.

이졸다

하지만 그는 지금 어디 있지?

너츠크래커

그게 우리하고 무슨 상관이야? 이제 그를 막을 길이 없어.

몬스트라다무스: 구역질이 난다, xxx.

이졸다: 구역질이 난다, xxx.

너츠크래커: 구역질이 난다, xxx.

오가니즘(-: 구역질이 난다, xxx.

사트릭: 구역질이 난다, xxx.

아리아드네: 구역질이 난다, xxx. 여기에서 나갈 시간이 다 됐군…

어글리 666: 구역질이 난다, xxx.

로미오-이-코히바: 구역질이 난다, xxx.

사트릭

속이 뒤집히는 것 같아, xxx. 이봐, 몬스트라다무스. 아직도 이해하지 못한 게 하나 있어. 이 모든 일은 어디에서 일어난 거지?

몬스트라다무스

너 정말 바보냐 아니면 술이 덜 깬 거냐? 공포의 헬멧 속이잖아.

사트릭

아. 그러면 누구한테 일어났어?

몬스트라다무스

너에게.

★

경고: 이 텍스트가 창조될 동안 가공의 그리스 젊은이나
처녀는 단 한 명도 살해되지 않았다.

미궁으로서의 세계, 세계로서의 미궁

카렌 암스트롱의 『신화의 역사』로 시작한 신화 다시 쓰기 프로젝트 2차분의 바통을 재기 넘치는 러시아 작가 빅토르 펠레빈이 이어받았다. 그가 현대적으로 재구성할 재료로 선택한 신화는 아리아드네의 이야기이다. 잘 알려진 신화나 고전은 흔히 후대 작가들에 의해 '다시 쓰기'의 대상이 된다. 작가 본인이 서두에 인용한 보르헤스의 말처럼, 원형이 되는 신화, 혹은 이야기의 수는 한정되어 있다. "하늘 아래 새로운 것은 없다"는 포스트모더니즘의 경구처럼, 후대의 수많은 이야기들은 그 고대의 원형으로부터 생겨난 변주이다. 무한히 가지치기해나가는 이 변주의 과정 자체가 어쩌면 일종의 거대한 미궁을 이루는지도 모른다.

아리아드네는 파시파에와 크레타 왕 미노스의 딸이다. 크레타 섬에는 반은 사람이고 반은 소인 괴물 미노타우로스를 가둔 미궁 라비린토스가 있었다. 해신(海神) 포세이돈이 제물로 쓰라고 눈처럼 흰 황소를 보내왔으나, 미노스는 약속을 지키지 않고 황소를 살려두었다. 포세이돈은 그 벌로 왕비 파시파에를 이 황소와 사랑에 빠지게 했고, 그 결과 괴물 미노타우로스가 태어난 것이다. 미노스 왕은 미노타우로스를 가두기 위해 다이달로스에게 라비린토스를 짓게 했다. 그 뒤 미노스의 아들 안드로게오스가 아테네인들에게 죽임을 당하자, 미노스는 그에 대한 복수로 9년마다(다른 이야기에 따르면 해마다) 아테네의 소년 일곱 명과 소녀 일곱 명을 공물로 바치게 하여 미노타우로스가 잡아먹도록 했다. 세번째 제물을 바칠 때 아테네의 영웅 테세우스가 스스로 나서서 아리아드네의 도움을 얻어 이 괴물을 죽였다.

『공포의 헬멧』에서 이야기의 중심에 있는 것은 미궁이다. 등장인물들이 갇혀 있는 방 밖에는 각기 다른 형태의 미궁이 있다(그중에는 미궁 같지 않은 미궁도 있다).

서로 격리된 인물들이 유일하게 소통할 수 있는 공간인 인터넷의 채팅방도 일종의 미궁이다. 그러나 그들이 접속한 채팅방에서 서로 소통할 수는 있어도 외부로의 접촉은 불가능하듯이, 그들이 있는 공간도 외부로 나갈 구멍이 없다. 출구 없는 상황에서 그들이 미궁 속을 더듬어나갈 유일한 단서는 아리아드네가 자신의 꿈을 통해 풀어내는 스레드(thread)이다. 그러나 아리아드네의 꿈은 또다른 형태의 미궁이다. 그녀가 꿈을 통해 설명하는 '공포의 헬멧'은 그들이 처한 상황 자체가 헬멧을 쓴 가상현실일 수도 있다는 가능성을 암시한다. 그녀가 설명하는 헬멧의 구조는 비유적이며 상징적이다. 그 말은 우리가 늘 보고 듣고 느끼는 일상이 굳이 기계의 힘을 빌리지 않아도 환상의 작용일 수 있다는 의미로 받아들일 수 있다. 내가 나비의 꿈을 꾸는 장자인가, 장자의 꿈을 꾸는 나비인가라는 장자의 질문을 떠올리게 한다.

아리아드네가 설명한 공포의 헬멧은 내부와 외부의 구분이 존재하지 않는 초현실적인 공간이다. 헬멧 전체가 헬멧의 일부 안에 들어 있을 수도 있다. 이렇게 안과 밖, 전체와 일부의 구분 없이 서로 무한히 중첩되는 뫼비우스의 띠 같은 구조는 무한하나 탈출이 불가능한, 열려

있으면서도 막다른 기이한 미궁을 상징한다. 그들은 미
궁의 밖에 있는가, 안에 있는가? 그들은 미노타우로스를
기다리는 희생자들인가? 아니면 미노타우로스를 미궁
에 가둔 자들인가? 그들 자신이 테세우스의 칼을 기다리
는 미노타우로스인가?

전통적인 의미의 미궁은 하계(下界)로부터 지상으로
의 상승-재생-부활을 평면화한 구조이다. 복잡한 미궁
을 통과하여 중심에 다다르는 영웅의 여행은 고난을 거
쳐 죽음과 재생에 이르는 영적 여정을 상징한다.

미궁의 상징적 의미는 중심으로의 회귀, 낙원 회복, 고
난이나 시련을 통해서 깨달음에 도달함, 이니시에이
션과 죽음과 재생, 세속적인 곳에서 성스러운 곳으로
가기 위한 통과의례, 죽음과 삶의 비밀, 현세의 고난이
나 망상을 뚫고 빠져나가서 얻은 깨달음이나 하늘을
의미하는 중심으로 가는 여행 등이다.*

펠레빈이 현대적으로 변주해낸 미궁은 고대의 미궁보

---

* 진 쿠퍼, 『그림으로 보는 세계문화상징 사전』, 이윤기 옮김, 1994,
188쪽.

다 더욱 복잡하고 애매모호하다. 안과 밖, 현실과 환상이
구분되지 않는 이 모호한 미궁에서 빠져나가 깨달음과
재생을 얻기란 무망(無望)해 보인다. 시대가 변하면 미
궁도 바뀌고, 미궁이 상징하는 의미도 바뀐다. 펠레빈이
재창조한 미궁은 우리 시대의 미궁이다. 그것은 우리 스
스로가 길을 잃고 갇히기를 원한 미궁인지도 모른다.

2006년 여름
송은주

옮긴이 **송은주**

이화여대 영문학과를 졸업하고 동대학원에서 박사과정을 수료했다. 현재 전문번역가로 활동하고 있다. 옮긴 책으로 『미들섹스』 『뉴욕타임스가 선정한 교양』 『이성과 감성』 『클림트』 『헨리포드 자서전』 등이 있다.

세계신화총서 4

공포의 헬멧

| 초판인쇄 | 2006년 8월 1일 |
| 초판발행 | 2006년 8월 10일 |

지 은 이	빅토르 펠레빈
옮 긴 이	송은주
펴 낸 이	강병선
책임편집	김현주 이현자
펴 낸 곳	(주)문학동네
출판등록	1993년 10월 22일 제406-2003-000045호

주 소	413-756 경기도 파주시 교하읍 문발리 파주출판도시 513-8
전자우편	editor@munhak.com
전화번호	031) 955-8888
팩 스	031) 955-8855

ISBN 89-546-0170-7 (04890)
       89-546-0048-4 (세트)

www.munhak.com